els Virreis de Catalunya

Joan Reglà

Història de Catalunya

biografies catalanes

volum 9

EL observador DE LA ACTUALIDAD

Dipòsit Legal : B - 8803 - 91
ISBN : 84-316-1812 - 4

IMPRÈS A ESPANYA
PRINTED IN SPAIN

Imprès per : Litografía Rosés, S.A. c/ Cobalt, 7 i 9 - 08004 BARCELONA

Índex

Advertiment

Aquest llibre és l'escuma de quatre anys de recerques en els nostres Arxius. El seu autor hauria desitjat de deixar passar algun temps més abans de publicar-lo. Però forçat pels nostres precs –els d'un grup d'amics, historiadors professionals–, s'ha rendit a l'evidència i a la necessitat. L'evidència d'aixecar tot seguit les pedres mestres del futur edifici de la nostra història dels segles XVI i XVII; la necessitat de donar a conèixer, per primera vegada, el quadre concret de l'evolució catalana durant aquells dos-cents anys. En aquest darrer aspecte, *Els virreis de Catalunya* d'en Reglà no solament vénen a omplir un buit –com sol dir-se d'habitud–, sinó a foragitar els nombrosos tòpics que el vorejaven.

Per aquests dos motius, la present història és un punt de partença. Comporta una dinàmica científica, que sens dubte serà desenvolupada a fons pels estudiosos de la Casa d'Àustria a Catalunya, entre els quals, en primer lloc, pel mateix Reglà. Tant de bo arribin ben lluny en llurs propòsits i ens esclareixin tots els aspectes i els esdeveniments de la història dels notres avantpassats en aquells anys de metamorfosi del país, de trànsit entre la Primera y la Segona Catalunya.

JAUME VICENS I VIVES

La Catalunya dels segles XVI i XVII

La societat

La trajectòria demogràfica.— Amb molta aproximació cronològica dos fogatges limiten el nostre estudi: el de 1515 i el de 1717. Segons el primer, el poblament de Catalunya era de 62.833 focs, és a dir, uns 314.165 habitants. El segon, en canvi ens dóna 103.135 focs i 515.675 habitants. Això palesa que en el transcurs dels segles XVI i XVII Catalunya va guanyar uns 200.000 habitants. Val a dir, però, que no podem donar a les xifres dels fogatges una adequació absoluta amb la realitat dels fets. Llur finalitat tributària, les dificultats de tota mena que suposava tot intent de portar-los a terme i la necessitat d'adoptar un índex per a la transformació dels focs en habitants —els especialistes recomanen el 5, és a dir, suposen que per terme mitjà a cada foc corresponen cinc persones —expliquen prou bé el valor aproximatiu que cal atribuir-los.

Entre ambdós fogatges, en tenim només un altre, el de 1553, segons el qual la població del principat de Catalunya i dels comtats del Rosselló i la Cerdanya pot avaluar-se en uns 71.680 focs i 388.400 habitants. Segons aquestes dades, l'augment fou considerable durant la primera meitat del segle XVI. Per Per manca de dades concretes, no podem fer cap afirmació sobre el ritme de l'augment entre 1553 i 1717.[1]

Com va escriure un autor català a principis del segle XVII, Francesc de Gilabert —*«el principado de Cataluña es tierra pobre de ciudades populosas, pero muy poblada de caseríos»*—.[2] El poblament del principat reflectia, llavors, una situació força equilibrada entre els nuclis urbans i el camp. A mitjan segle XVI (fogatge de 1553), les principals poblacions de Catalunya eren les següents: Barcelona (32.160 h.), Perpinyà (7.755), Girona (6.620), Lleida (5.545), Tortosa (4.940), Tarragona (4.270), Valls (3.325), Vic (2.990) i Reus (2.700). Llavors, per exemple, Barcelona representava un 9 per 100, aproximadament, de la població total de Catalunya; avui, en canvi, representa més del 50 per 100.

Pel que fa referència al repartiment geogràfic, a la Catalunya de la primera meitat del segle XVI, segons demostra el cens de 1553, la màxima densitat correspon a les zones de muntanya de l'interior. En canvi, a finals del segle XVII, el predomini ja és de les comarques del litoral. Com han escrit Giralt i Nadal *«las comarcas del Segriá, las Garrigues y La Noguera perdieron en dicho tiempo* —1553-1717— *el 59, el 32 y el 30 por 100 respectivamente de su población. La zona costera, en cambio, la aumentó: Garraf en un 173 por 100, el Maresme en un 147. Todos los pueblos del litoral reciben pobladores procedentes de los obispados de Urgel, Solsona, Vic y parte norte del de Tarragona... El desequilibrio demográfico entre el litoral y el interior es entonces cuando empieza a producirse».*[3]

Seguint el plantejament metodològic dels Srs. Giralt i Nadal, direm que la població catalana dels segles XVI i XVII es va veure afectada per factors adversos i favorables: entre els primers, les pestes, els allotjaments militars i l'expulsió dels moriscos; entre els segons, el corrent immigratori, francès principalment, i la forta natalitat. Cal tenir en compte, també, que el lliurament del Rosselló i part de la Cerdanya a França pel tractat dels Pirineus del 1659 va suposar per Catalunya la pèrdua d'uns 40.000 habitants.

Les pestes, que durant l'època que estudiem van causar veritables estralls a tota Europa i que segons Braudel tenien el principal focus de difusió a Constantinoble, van afectar greument la població catalana. Gairebé no passa mai un any sense que les «crides del morbo» posin en guarda respecte del perill imminent. La pesta sol venir des del *Midi* de França i es propaga ràpidament per la importació de mercaderies —robes principalment—. Cada pesta suposa la prohibició oficial del comerç amb els llocs afectats. Facilita la seva difusió la manca de prescripcions higièniques. Cal tenir en compte el paral·lelisme absolut entre pestes i temporades de collites míseres, que donaven pas a la fam. Pel que fa referència a l'època que estudiem, les pestes més greus que va sofrir Catalunya van ésser les de 1591-1592, 1629-1631, 1652-1654 i 1694.[4]

Els allotjaments militars, sobretot en el segle XVII, amb motiu de les contínues guerres entre Espanya i França, van contribuir a la despoblació del camp en benefici de les ciutats. A més de la soldadesca que viu sobre el país, i que exigeix càrregues insuportables —com veurem, els allotjaments van provocar la revolta al camp català l'any 1640—, cal tenir en compte també l'aspecte que podríem dir-ne legal, o sigui el pagament de les despeses dels allotjats a càrrec dels pobles. Això obligava les universitats afectades a contraure emprèstits —censals— el reembossament dels quals suposava la imposició de tributs als habitants. Ens sobren documents per a afirmar que van ésser molts els habitants dels pobles que en fugien per no pagar les quotes reglamentàries.

Pel que fa referència als moriscos, que a Catalunya es concentraven a la desembocadura de l'Ebre i curs inferior del Segre —unes 10.000 persones en total, segons els nostres treballs[5]—, expel·lits de tots els seus regnes d'Espanya per Felip III (1609-1614), també van suposar un factor advers en el desenrotllament de la població. En aquest cas, però, la pèrdua demogràfica fou petita, ja que de les 10.000 persones afectades una part va ésser autoritzada a restar al país. Aquesta excepció va ésser deguda a l'enèrgica intervenció del bisbe de Tortosa i virrei de Catalunya, Pedro Manrique.

El factor favorable més important de la demografia catalana dels segles XVI i XVII fou la immigració francesa. L'any 1637, per tal de controlar les activitats dels immigrants francesos amb motiu de la guerra amb França, fou ordenada la confecció d'una «Matrícula de franceses», que consta d'unes cinc mil declaracions jurades. Els Srs. Giralt i Nadal, que han estudiat el fenomen a fons, escriuen: «*Desde el Rosellón a Tortosa, la proporción de franceses respecto a la población indígena llega en algunos pueblos a un 15 por 100 y casi nunca es inferior a un 10. La zona costera que mayor contingente de inmigrantes recibió fue el Maresme... En su inmensa mayoría se fijaron y arraigaron en el país, aunque los hubo que cruzaban cada año los Pirineos para segar las mieses y volver a su patria después... Los franceses contemporáneos observaron esta corriente anual, fomentada por las autoridades, que veían en ella una forma de aumentar en Francia la circulación de oro y plata... De esta manera, a las causas demográficas de esta emigración se sumaban las económicas. No olvidemos que los metales preciosos que llegaban de América convertían a España en un país cuyos precios estaban en alza continua. Según Bodin, la mano de obra era en España tres veces más cara que en Francia. Esto explica su fama de tierra fabulosamente rica y la atracción humana que ejerció».*[6] En general, podem dir que els immigrants francesos van contribuir al desenrotllament del bandolerisme a la muntanya i del comerç al litoral, així com també a la plantació de vinyes.[7]

La immigració d'origen peninsular, exceptuant els aragonesos, valencians i mallorquins, no va tenir cap importància numèrica. El mateix pot dir-se de la procedent dels restants països d'Europa —anglesos, holandesos, alemanys, irlandesos, grecs i polonesos—. En canvi, com veurem més endavant, va tenir molta importància, sobretot econòmica, la colònia italiana, principalment els genovesos.

En l'estat actual de la investigació, no és possible de donar amb exactitud matemàtica els percentatges entre les classes socials. Per aquest motiu ens limitem a reproduir les paraules escrites en un altre lloc: «Hem de creure que el 75 per 100 dels habitants, aproximadament, formaven part de les classes modestes —pagesos del camp i artesans de les ciutats. La burgesia, numèricament feble i econòmicament poc poderosa, no devia arribar al 10 per 100 de la població en les comarques litorals. L'estament eclesiàstic, més nombrós que a la resta d'Espanya, suposava aproximadament el 6 per 100 del total. És convenient de recordar aquí les paraules del jeusïta Pere Gil en la seva *Geografia de Catalunya:* «Y així se fan molts cathalans religiosos y sacerdots, y tant per tant no hi ha regne en Espanya ni Itàlia ni França que tenint igual número de cases com té Cathalunya, tinga tants religiosos capellans com ella». Quant a les classes aristocràtiques, només hi havia un *Grande de España,* el duc de Cardona. El braç militar, cavallers, representava el 0,8 per 100 de la totalitat en el cens de 1553».[8]

La mentalitat de les classes aristocràtiques.— Abans d'analitzar la mentalitat de l'aristocràcia catalana dels segles XVI i XVII, hem d'advertir que els nobles i l'estament eclesiàstic, pels seus privilegis i les seves riqueses, formen la paret mestra de l'edifici social dels Àustries. Amb el desenrotllament de la monarquia absoluta, els nobles perden importància política, però augmenten llur influència social i econòmica. Uns esdeveniments de l'època de Carles V, la rebel·lió de les comunitats de Castella i l'alçament de les Germanies a València i Mallorca, estableixen les bases de l'estreta col·laboració entre la reialesa i l'aristocràcia latifundista. Com ha escrit el duc de Maura, des de la batalla de Villalar —1521, esclafament de les comunitats castellanes—, a finals del regnat de Carles II, va succeint-se en el govern l'oligarquia que l'exercità *con riguroso exclusivismo.*

Amb les fortes personalitats de Carles V i de Felip II, l'aristocràcia espanyola, en línies generals, actua en funció del concepte de *servicio.* El trànsit de la monarquia patrimonial a la burocràtica, amb els reis febles del segle XVII, va obrir-li les portes del poder directe i al costat del *privado* —un Lerma, un Olivares— actua el règim de la «polisinodia» dels Consells, que podríem definir com un sistema d'aristocràcia col·legiada. La trajectòria de l'aristocràcia, del segle XVI al XVII, és el camí que va del servei a la monarquia a l'aprofitament d'aquesta darrera; del *»dar es servicio; recibir es servidumbre»,* segons la llegenda de l'escut dels ducs de l'Infantado en el seu palau de Guadalajara, a les peticions de *ayudas de costa.* El canvi no podia ésser més decisiu.[9]

* * *

Examinem ara, en particular, la mentalitat de l'estament aristocràtic català durant les dues centúries esmentades. Com hem dit abans, a Catalunya només hi havia un *Grande de España,* el duc de Cardona. Després de la fornada nobiliària feta per Felip III a les Corts de 1599 —125 persones afavorides, entre cavallers i títols—,[10] el braç militar del principat i comtats, segons la convocatòria de les Corts de 1626 es distribuïa així: 780 cavallers, un duc i 9 comtes. El duc era el de Cardona y futur virrei, Enric d'Aragó. Els comtes, el de Santa Coloma, Dalmau de Queralt, el virrei del Corpus de Sang; el de Vallfogona, Joan Galcerà de Pinós; el d'Erill, Alfons d'Erill; el de Peralada, Frances Godofred de Rocabertí; el de Montagut, Josep Folc de Cardona; el de Guimerà, Gaspar Galcerà d'Urrea; el de Çavalla, Bernat de Boixadors; i dos aragonesos convocats, segurament, per les seves possessions a Catalunya; el comte de Ricla, Francisco de los Cobos, i el de Sàstago, Martín de Alagón.[11]

Cal advertir que entre aquests títols, ben pocs, i els cavallers hi ha una diferència semblant a la que existia a Castella entre l'escuma nobiliària i els *hidalgos. Hidalgos* i cavallers ben sovint sense un cèntim, constituïen una mena de proletariat dins la noblesa i s'aferraven als seus pergamins amb la dèria de conservar els privilegis i la diferenciació social respecte dels plebeus. Hem de parlar separadament dels uns i dels altres.

Els títols catalans, en general, com les grans famílies nobiliàries de la resta d'Espanya, experimenten l'atracció de la reialesa i mitjançant enllaços matrimonials ingressen dins l'aristocràcia peninsular. Un duc de Cardona, per exemple, signa documents des del seu feu andalús de Lucena a la segona meitat del segle XVI. Com ja va escriure Carreras Candi, «a mitjans del segle XVII les més fortes cases de Catalunya se transplantaren a Castella, casant-se amb castellans les més riques pubilles, dinant-se lo cas, al acabar el segle XVII, que solsament sis famílies de la Cort posehissen a Catalunya 444 ciutats, viles y llochs».[12] Un món de petites rivalitats ens fa veure sovint les preocupacions intranscendents de la gran noblesa, que ella considera com a qüestions d'honor. Per exemple, l'any 1616, des de Tarragona, el marquès d'Aitona planteja a Felip III els seus problemes amb el virrei del principat, el duc d'Alburquerque. Li diu que és veritat que no dóna el tractament de «Excel·lència» al virrei i que ho fa així perquè ell és tan *Grande* com poden ésser-ho tots els altres nobles del món. En prova d'això, Aitona fa constar que es tracta *familiarmente* amb el duc de Lerma, el privat del rei.[13]

Inoperant ja políticament a començament del segle XV, quan amb el Compromís de Casp es va veure desplaçat per la burgesia litoral com a minoria dirigent del país,[14] el feudalisme català té, encara, en les seves mans més de la meitat del territori i entre els seus dominis i els del rei hi ha fronteres jurisdiccionals com en plena Edat Mitjana. Respecte dels humils, la posició de l'aristocràcia catalana, com la de totes les classes nobiliàries de l'època, és de supèrbia. Sembla fins i tot que descarreguin contra els seus vassalls camperols les energies que han de contenir quan el govern del principat està en mans enèrgiques, com en el cas dels virreis Alburquerque i Alcalà, a finals del regnat de Felip III. Les referències als pagesos vexats ocupen moltes planes dels Registres de la Cancelleria dels virreis.[13]

Guanyats per la cultura castellana —«lo escandol que yo prench en veurer que per a vuy tan absolutament se abrasa la llengua castellana fins a dins Barcelona per los principals senyors y altres cavallers a Cathaluña», escriurà a mitjan segle XVI Cristòfol Despuig en *els Colloquis de Tortosa,*[16] —a jutjar pels testimonis de l'època, els nobles catalans no van tenir massa preocupacions intel·lectuals. Així, Frances de Gilabert, a principis del segle XVII, escriu: «*Se dió a las letras la nobleza y* (Castella i Catalunya) *conservan esta costumbre, particularmente los castellanos, como se echa de ver en los muchos hábitos militares que en los Consejos de Castilla hay, costumbre digna de alabança y más de ser imitada, y que siendo buena la imbidia de nuestra nación* (es refereix a Catalunya) *no le imite, dame admiración y obligación de buscar la causa...*» Aquesta consisteix, segons ell, en l'amor dels catalans a les armes.[17]

La crisi del segle XVII, amb el seu punt culminant, la Guerra dels Segadors i l'anexió de Catalunya a França, va implicar, com veurem, una profunda convulsió social al camp català. Llavors les tres quartes parts dels rics —«a tots els rics ens diuen que som traïdors» era la frase de l'època— van abandonar el país per anar a servir Felip IV. Després de la reconquesta de Barcelona per Joan d'Àustria, el 1652, els nobles tornen a Catalunya a reconquerir els seus béns.[18]

¿I els cavallers pobres o econòmicament febles, que eren la gran majoria? Hem de deixar de banda els ennoblits pel rei o el virrei, procedents de l'administració del principat, la mentalitat dels quals es confonia amb la de l'oligarquia burgesa, de la qual procedien. A excepció de la jornada nobiliària de les Corts de 1599, en la qual sembla que va haver-hi un desig d'atracció política per part de Felip III, poques vegades va utilitzar-se aquest recurs amb una finalitat semblant. Un informe dirigit al rei per la Reial Audiència l'any 1615 diu: «*El Sr. Marqués de Almazán* —virrei del principat—, *hallándose en los últimos días de su vida, según afirman los médicos, quiso anteayer pagar al doctor Hierónimo Astor, que fue deste Consejo, el hospedaje que le havía hecho de su casa junto a esta ciudad, armando caballero al doctor Joseph Astor, su sobrino, como en effecto lo hizo.*»[19] Aquests procediments, lluny de reportar avantatges polítics contribuïen a les enveges entre els pretendents.

El drama dels cavallers pobres, factor d'inestabilitat social i política a tot Europa,[20] consistia en els molt pocs càrrecs que tenien a llur disposició en el principat i comtats: no devien arribar a una vintena per més de 700 famílies. Això ens diu avui Elliott,[21] el mateix deia ja, a principis del segle XVII, Frances de Gilabert. Val la pena de reproduir la cita: «*Por los pocos oficios tiene Su Magestad para dar a cavalleros de capa y espada en Cataluña y por repartir los de su real casa a castellanos, esperan poco los deste principado en el alcançar merced...*».[22] Amb els seus reductes a la muntanya, pletòrica d'energies humanes i poques possibilitats econòmiques, els cavallers de la Catalunya del Barroc va alimentar poderosament el bandolerisme. Les lluites estèrils i sagnants del bandolerisme aristocràtic, en les quals empraven les seves energies molts cavallers, van obrir els ulls a moltes persones de responsabilitat. Despuig, per exemple, a mitjan segle XVI, defensa la idea que els cavallers es dediquin a activitats mercantils: «...ja sabeu com en esta terra de tot havem de saver, cavalls de dos selles haven de ser, y ni assí en altre part ningun pot víurer ab la opulència que és menester ab a soles lo propi patrimoni, sinó que fos molt sobrat, y assò en poques cases...»[23] El mateix autor ens diu que alguns cavallers ja feien negocis, però que molts altres es veien obligats a demanar préstecs als mercaders.[24]

Sobre la vida dels cavallers a les comarques de l'interior del país, és ben eloqüent el testimoni de Francesc de Gilabert: «*Los más caballeros viven en sus aldeas, tan pequeñas y mal muradas, que pueden quatro vellacos entrarlas y como destos hay muchos por la remisión de la justicia, es forçoso tener fuerças para defenderse dellos; éstas consisten en tener en sus casas algunos lacayos, los quales, aunque viviendo con su señor son buenos, despedidos del y hechos al ocio, toman para vivir antes que la açada el pedernal; y así nace desto el formarse una quadrilla en acabarse otra*».[25] Aferrats, com els títols, a llurs pergamins, molts d'ells tenen encara una concepció feudal del món. Un exemple entre cent: Joan d'Anglesola, senyor del castell i terme d'Anglesola (1630), té tota la jurisdicció civil i criminal, així com el mer i mixt imperi, amb forques on penja els qui condemna a morir. L'any esmentat, el veguer de Cervera va destruir-li les forques i així s'originà una llarga lluita.[26]

Inquiets sempre a les Corts, exempts de la càrrega dels allotjaments militars —«les persones militars desta provincia, en virtut de Constitucions y privilegis reals al stament concedits, tenen exemptió de alotjar soldats així de peu com de cavall en ses cases, torres y masies, y de anar a sometens los masovers o criats que resideixen en elles», deia l'any 1639 el virrei Santa Coloma[27]—, molt molests amb l'administració quan aquesta, per acabar amb el bandolerisme, els prohibeix portar armes (pedrenyals), els cavallers van tenir una importància decisiva en el desencadenament dels esdeveniments del 1640, de la mateixa manera que la *gentry* arruïnada anglesa va ésser el factor social més important de la revolució cromweliana.[28] En el moment oportú insistirem sobre aquest fet. Ara ens limitem a dir, amb Elliot, que poc abans de la ruptura amb Felip IV la burgesia barcelonina fou desplaçada per l'aristocràcia pirinenca en la direcció de la política del principat.[29]

L'estament eclesiàstic.— Com hem dit abans, els eclesiàstics representaven el 6 per 100 del total de la població catalana segons el cens de 1553. Això vol dir, arrodonint les xifres, unes 20.000 persones. Val a dir que l'estament eclesiàstic més que una mentalitat específica, formava llavors un conjunt de mentalitats, segons la procedència de llurs membres. A més de la distinció entre els clergues seculars i regulars, amb les diferents ordres religioses, cal tenir en compte, sobretot, les jerarquies —bisbes, abats—, els capítols i els clergues menuts. Aquesta diferenciació és capital a la Catalunya dels segles XVI i XVII, ja que, com veurem, sol implicar sempre mentalitats oposades, particularment des del punt de vista polític. Com a la resta d'Espanya, l'estament eclesiàstic català és molt ric i les seves jerarquies són, a la vegada, senyors temporals, amb l'exercici de drets jurisdiccionals. Un memorial referent a tot Espanya, de finals del segle XVI, dóna les xifres següents sobre les rendes anuals dels bisbats de Catalunya:[30]

Arquebisbat de Tarragona	16.000 ducats
Bisbat de Lleida	6.000 ducats
Bisbat de Tortosa	20.000 ducats
Bisbat de Girona	5.000 ducats
Bisbat de Barcelona...............	12.000 ducats
Bisbat de Solsona	4.000 ducats
Bisbat d'Urgell	70.000 ducats

Hi manquen els bisbats de Vic i d'Elna-Perpinyà, així com també la vintena d'abadies. Algunes troballes aïllades rectifiquen essencialment aquestes xifres.[31] De totes maneres, un fet sembla evident: la riquesa dels bisbats pirinencs, sobretot el de la Seu d'Urgell, que temptaria moltes vegades no sols els hugonots i els bandolers, sinó també els mateixos terratinents del pla urgellenc, afanyosos d'apoderar-se dels béns del bisbat i del capítol, amb la tendència devers les secularitzacions eclesiàstiques que va posar de moda la Reforma protestant.

Les reformes en la disciplina eclesiàstica del concili tridentí, en reforçar l'autoritat dels bisbes a costa dels capítols de canonges, van facilitar en gran escala la tutela de la monarquia respecte de l'Església catalana. Els bisbes, en efecte, els nomenava el rei. Seguint les llistes dels titulars de les nou seus catalanes en els segles XVI i XVII, es veu amb tota claredat un fenomen: l'augment progressiu de noms castellans.[32] El nomenament per part del rei vol dir que, en general, l'actuació dels bisbes a les Corts és sempre ferventment monàrquica. En plantejar-se la crisi durant el regnat de Felip III, l'actitud més decidida a favor d'una acció fulminant de la monarquia, la representen els bisbes. Una prova. El 1.^{r} de març de l'any 1615, el bisbe de Vic, fra Andrés de San Jerónimo, antic monjo a l'Escorial i confessor de la reina Margarida, escriu a Felip III: «*Sepa V. M. que la gente deste principado culpa mucho a todos los obispos porque no se juntan a representar todos estos males* —el bandolerisme, principalment— *y pedir remedio, y dicen que embíe V. M. gente y los conquiste, que todos se le darán para que asiente la justicia como en Castilla y les quite sus males usos que la impiden».*[33]

Si els bisbes i altres jerarquies representen el sector col·laboracionista amb la monarquia —el cas del duc de Lerma, cardenal i primer ministre d'Espanya té una rèplica a Catalunya amb els bisbes-virreis—, les abadies i sobretot els capítols de canonges representen l'oposició. En el lloc oportú farem una referència a les lluites de Montserrat, entre els monjos naturals de la Corona d'Aragó i els de San Benito de Valladolid. Consta que ja a finals del segle XVI moltes abadies de Catalunya estaven segrestades.[34] L'any 1581, tots els abats del principat i comtats fan present al conseller de Felip II, cardenal Granvela, la necessitat de no retrassar la possessió de les vacants que es produeixin en el país.[35] Entre 1600 i 1615, van ésser suprimits la majoria dels petits convents benedictins, i foren reunits els monjos en els grans.[36]

Més definida en l'oposició constant és l'actitud dels canonges. Cal recordar aquí que la mateixa carrera política d'En Pau Claris va desenrotllar-se al servei dels interessos dels capítols.[35] La creació del bisbat de Solsona l'any 1593 per Felip II fou, en part, un desafiament als canonges d'Urgell, els quals van interposar un plet.[37] Uns anys abans, el bisbe d'Urgell deia dels canonges i clergues de l'abadia de Solsona que *«viven en tanta disolución que no tienen de eclesiásticos más que el nombre».*[38] L'any 1603, el bisbe de Lleida escriu a Felip III que els canonges d'Àger *«son gente de ningunas letras y de ningunas partes y no dignos de los canonicatos que poseen».*[39] Fins a quin punt són certes aquestes censures? En tot cas, ens palesen clarament la rivalitat entre bisbes i capítols. D'altra banda, els capítols eren nombrosos i la designació de bisbes castellans tancava les portes als canonges. L'any 1600, el virrei, duc de Feria, diu a Felip III que a la catedral de Barcelona hi ha 40 canonges, el doble que a les castellanes de Còrdova, Cuenca i Plasència, i que és convenient de reduir-ne el nombre a 25, segons autoritza el tridentí.[40]

La mentalitat dels clergues rurals i dels regulars reflectiria les inquietuds populars, ja que gairebé tots els seus membres procedien del poble. La religiositat de l'època els donava molta ascendència. La intervenció dels eclesiàstics en la protesta armada del camp l'any 1640, per exemple, fou decisiva. Després de les torbacions del principat, la monarquia es preocupa d'utilitzar els clergues rurals com a arma política. Així, l'any 1653, Joan d'Àustria ordena precisament a tots els capítols de canonges del principat «que donen ordre als pàrrochos y rectors de vostra diòcesi que d'aquí al devant tots los dies de festa en la missa major y en la ocasió de més concurs de gent, en lo púlpit o peu d'altar publiquen a ses parroquians lo molt que deuen estar attents al servei de Sa Magestat...»[41]

Els inquisidors i familiars del Sant Ofici, en conflicte constant amb les autoritats del país, formaven, pel seu vessant polític, l'element més addicte als interessos de la monarquia. Ben sovint, des dels bisbes als clergues rurals xoquen amb ells, L'any 1628, el virrei i bisbe de Solsona ordena el compliment de l'ordre que disposa que «los familiars del Sant Offici no puguen tenir y exercir càrrechs públichs del govern y administració de universitats desta província».[42] Com veurem més endavant, la impermeabilització d'Espanya per Felip II, com a rèplica a la pressió calvinista, va portar com a conseqüència la separació dels convents del Císter de Catalunya de l'obediència a les casa mare de França.

«Per indults apostòlics, privilegis reials y expresses Constitucions de Catalunya», l'estament eclesiàstic estava exempt dels allotjaments de tropes.[43] Per la seva transcendència, com hem de veure moltes vegades, el privilegi més important de l'Església era la immunitat dels temples (asil eclesiàstic), on es refugiaven moltes vegades els bandolers. Així mateix molts delinqüents invocaven el privilegi clerical —la «corona»— quan eren detinguts per les autoritats civils. La qüestió dels «coronats», que reflecteix l'abundor d'eclesiàstics que es disposaven a prendre els hàbits sense vocació i només per gaudir dels privilegis de l'estament —mal comú arreu d'Espanya, sobretot durant el segle XVII, quan l'empobriment del país contrasta amb la garantia del plat a taula que proporciona l'ingrés en un convent—, va provocar molts conflictes.

La mentalitat de la burgesia.— Successora de l'oligarquia feudal en la direcció política del país i hereva dels ciutadans honrats de l'època gòtica, la burgesia catalana dels segles XVI i XVII se'ns descobreix com una classe social satisfeta i sense massa inquietuds. Si l'hem de definir segons el retrat del jesuïta Pere Gil, es fa necessari emprar una expressió ben gràfica: el panxacontentisme. Els «regalats» de Barcelona, segons l'autor esmentat, tenen torres per anar-hi a passar els mesos d'estiu, es preocupen de la bona taula, amb begudes gelades amb neu del Montseny, i procuren viure amb les màximes comoditats possibles. En aquest aspecte, les oligarquies burgeses de la Catalunya barroca es caracteritzen, segons ens ha parlat el Prof. Vicens i Vives, per llur sensualisme.

Ubicada en les ciutats i viles litorals, amb el seu nucli fonamental a Barcelona, la burgesia catalana és, en línies generals, col·laboracionista amb la monarquia. Està especialment disposada a mantenir, amb el pactisme, l'estructura institucional hispànica dels Reis Catòlics. Al IV Congrès d'Història de la Corona d'Aragó, celebrat a Palma de Mallorca el mes d'octubre del 1955, va posar-se de relleu —per Vicens i Vives i Suárez Fernández— la importància de la llana de Castella en la decisió dels compromissaris de Casp, que elegiren per rei de la Corona d'Aragó Ferran d'Antequera. En efecte, aquest, des de Medina del Campo, dominava els interessos de la Mesta i, per tant, tenia a les seves mans una mercaderia importantíssima per a les manufactures catalanes de draps i per a l'exportació de la llana pels burgesos catalans.

Quan va plantejar-se la crisi política a mitjan regnat de Felip III, l'oligarquia burgesa, amb les seves institucions representatives, el Consell de Cent barceloní i la Generalitat, accentuà la tendència defensiva, exigint més garanties. És obvi que aquesta actitud era incompatible amb el desenrotllament normal de la monarquia absoluta arreu d'Europa. Poden discutir-se els procediments posats en pràctica, però la lògica de la Història estava en favor de la reialesa. El fenomen a què ens referim va ésser ben definit per Vicens i Vives en escriure que l'obsessió de la burgesia per parapetar-se darrera de reductes legals, primer contra la noblesa i després contra la monarquia, «no oferia altra sortida que la d'anar embolicant la troca de lleis, privilegis i constitucions, on a poc a poc anava ofegant-se el sentit de les proporcions polítiques, la subtilesa diplomàtica i la destresa de maniobrar en el moment oportú sense trastocar revolucionàriament el futur del país.»[44]

Hem fet abans una referència al pactisme. Fins a quin punt aquesta tendència estava arrelada en el país ens ho demostren les afirmacions de Francesc de Gilabert: «*Si el ser. rey es contracto, como queda dicho y tan aventajado para el rey, si por los pactos dél no puede bien governar sus súbditos, no le será más lícito renunciar al reino y dominio a él dado, que a nadie con ello ofende, que romper el contrato en perjuizio de tantos; y si lo es, ¿cómo puede el que de christiano se precia aconsejar al que lo es lo que ni al alarbe se permite?*»[45] De totes maneras, pel que fa referència a les grans crisis hispàniques —1640, 1704— el pas decisiu no va donar-lo mai la burgesia, sinó la petita noblesa de la muntanya. Hem dit abans que devers 1640 la burgesia barcelonina fou desplaçada de la direcció política del principat per l'aristocràcia pirinenca. De la mateixa manera, la muntanya serà el nucli de la força centrífuga que posarà la causa catalana al servei de l'arxiduc Carles d'Àustria contra Felip V de Borbó.

A l'època que estudiem, la burgesia catalana experimenta una trajectòria semblant a la de les classes mitges de l'Europa mediterrània: disminució numèrica en benefici de l'aristocràcia i dels plebeus i «traïció» als seus idels per la mania d'ennoblir-se, segons les conclusions a què ha arribat l'eminent historiador francès Fernand Braudel.[46] Si no pot obtenir una patent nobiliària o almenys el grau de cavaller, procura defensar-se contra l'accés dels inferios al seu estament. L'any 1600, per exemple, els ciutadans honrats de Barcelona demanen al rei qie no concedeixi més privilegis de tals.[47] Com els cavallers, els ciutadans estaven exempts de la càrrega dels allotjaments militars.[48]

Una particularitat notable de la burgesia catalana és haver mantingut el conreu de la llengua i de la cultura vernacla. Segons em comunica l'amic Josep Romeu, la poesia tradicional i popular, de caràcter burgès, va tenir un cultiu ben florit a la Catalunya del Cinccents i va desenrotllar-se al marge de les influències castellanes.

Estrangers i refugiats.– En estudiar la demografia hem fet una breu referència a les colònies estrangeres a la Catalunya dels segles XVI i XVII. Res no hem d'afegir pel que fa referència als francesos, la influència dels quals ja hen esmentat: impuls cap al bandolerisme a la muntanya i cap al comerç al litoral. En canvi, volem afegir algunes consideracions sobre els genovesos.

Hem esmentat l'acord entre la Mesta castellana i la burgesia catalana sobre les llanes de la cabanya de Castella. Als catalans, però, va sortir ben aviat un competidor intel·ligent, ben preparat i afavorit pels reis: el mercader genovès. No hem d'examinar aquí les relacions entre els Habsburgs i la banca genovesa –Quevedo escriurà que el diner *«nace en las Indias honrado y es en Génova enterrado»*. Val a dir, però, que els genovesos van abusar d'aquesta situació privilegiada i ben aviat la burgesia catalana es veié foragitada del comerç de les llanes de Castella i d'Aragó. El 6 de juny de 1591, els consellers de Barcelona escriuen als jurats de Saragossa i als diputats del regne d'Aragó «lo abús fan los genovesos allí en agavellar les llanes y lo dany públich donen a tots los poblats del present principat suplicant-los sien servits manar proveir que així los peraires de la present ciutat com los del present principat sien acomodats preu per preu en dites llanes».[49] Pocs dies abans –5 de maig– els consellers havien acordat expel·lir tots els genovesos de la ciutat de Barcelona.[50] I, si el cas ho requeria, no dubtaven a desobeir ordres del rei. Així, pel gener del mateix any 1591, els consellers acorden «que es fassa embarcar de part de la ciutat al Sr. Governador perquè no consenta ni permeta se tragen forments ab una licència que de la Cort se diu porta un genòves».[51]

Encara que numèricament no tingués importància, és ben interessant fer una breu referència als refugiats procedents de l'Europa balcànica i danubiana, avasallada pels turcs, i als catòlics que fugien del protestantisme. Tot acaba, en general, amb l'autorització de demanar almoina. L'any 1589, el virrei Manrique de Lara autoritza a practicar la mendicitat Martí Penyana, mercader de París, el qual «venint de dita ciutat de×París a Espanya per mar ab una nau de Joan Martí ab molta mercaderia sua carregada en ella, los heretges i moros infels els robaren y perdé tots els seus béns.»[52] L'any 1593, el virrei duc de Maqueda, autoritza a demanar almoina, durant sis mesos, «Nicolau Poleòlogo, príncep grec, fill de Teodoro, príncep de Vengio, nét del serenissim Demètrio, rey de Grècia, fill de Manuel Paleòlogo, emperador de Constantinopla, per rescatar sa mare Basileia y a més sa germana de mà y poder dels turchs y recobrar son stat».[53] Hem de suposar que més d'una vegada hi havia algun príncep fals. Dos anys després, el mateix Maqueda autoritza a demanar almoines diversos hongaresos, per al rescat d'alguns cavallers d'aquella nacionalitat caiguts en poder dels turcs.[54] Aquests exigien 1.500 florins pel rescat d'un cavaller.[55] L'any 1619, el virrei duc d'Alcalà dóna permís per captar al francès Jean de Molina, fill de pares luterans, el qual ha vingut a Espanya per ingressar en el catolicisme.[56]

El poble menut: artesans i camperols.— És ben conegut el fet que els segles XVI i XVII foren l'època daurada de l'organització gremial. La minuciosa reglamentació dels gremis ens demostra que l'artesanat urbà també exigia garanties, com l'oligarquia burgesa. És lògic, d'altra banda, que una societat de tipus estamental s'organitzi per compartiments. Cal advertir, però, que en el cas que ens ocupa les garanties fan referència a l'organització del treball. En línies generals, la vida dels artesans de les ciutats es pot mesurar segons le cojuntura econòmica. Pel que fa referència a Catalunya. ens manquen suficients dades referents als preus i salaris per a establir, amb certa precisió, el nivell de vida de les classes productores. Amb tot, creiem poder afirmar que durant el segle XVI el nivell de vida dels artesans va ésser normal, per a baixar molt a la primera meitat del següent i tornar a unes condicions satisfactòries avançada la segona meitat. En part, van condicionar aquesta milloria les guerres amb França durant l'època de Carles II, en portar com a conseqüència el tancament de la frontera a les importacions franceses. Sembla un fet evident que la francofòbia dels catalans, després de l'experiència començada l'any 1640 –i que en part explica l'actitud del país contrària a Felip V, en obrir-se la successió de Carles II–, ofu una reacció natural contra la política econòmica de Richelieu i Mazarí, acceptada pel govern espanyol en el tractat dels Pirineus de 1659, que va convertir Catalunya en una mena de colònia d'explotació francesa. Amb la recuperació artesana de la segona meitat del segle XVII comença a registrar-se el fenomen de la substitució de l'oligarquia burgesa pels menestrals com a minoria dirigent del país, que serà una plena realitat en el segle XVIII.

Menys passable era la situació dels camperols, particularment dels econòmicament febles, pels quals l'articulació político-social i econòmica del Barroc, basada en la noblesa propietària, va fer moltes vegades il·lusoris els avantatges de la solució del problema dels remences per Ferran el Catòlic. Com ja hem dit abans, les vexacions per part dels senyors eren contínues. Per exemple, l'any 1568 el virrei Diego Hurtado de Mendoza ordena a Joan Bernat de Boixadors, procurador del duc de Cardona, que li trameti les actuacions contra Saldoni Ferrer i Saldoni Calvet, pagesos de Cardona, els quals fa temps que té empresonants «nullis de causis».[57] Al marge de la direcció política del país i materialment aixafats per la càrrega dels allotjaments militars, els camperols van ésser un element decisiu en el desenrotllament de la crisi de 1640. Cal advertir, però, que en aquesta actitud l'element primordial fou el desig de reivindicacions socials respecte als propietaris rics.

La misèria.– Com a introducció a l'estudi dels bandolers, que fem tot seguit, és interessant de fer una breu referència al món de la pobresa, més ben dit, de la misèria, a la Catalunya dels segles XVI i XVII. Amb un domini magistral del tema, Braudel ens ha parlat de la pobresa en el món mediterrani durant l'època de Felip II, amb exemples d'un dramatisme que esgarrifa.[58] Per la nostra part direm que les anyades dolentes, amb la manca de blats, provocaven la misèria més espantosa entre els humils. L'any 1583, per exemple, el virrei, comte de Miranda, prohibeix les «ballades» amb motiu de la Festa Major de Sant Feliu de Pallerols, «per la gran necessitat que pateixen los habitants de pa y altres provisions». Miranda justifica la prohibició amb unes paraules que ben bé podrien definir les més nobles preocupacions socials de tots els temps. «No és just que quan los pobres ploren riguen los richs».[59] Les referències a l'Hospital «de misericòrdia» de Barcelona no es cansen de repetir que en ell «hi ha multitud de pobres.»[60]

Cap testimoni documental de l'època supera en dramatisme el que transcrivim a continuació, sense fer-hi cap comentari. El 31 d'octubre del 1631, el virrei, duc de Cardona, escriu a totes les autoritats del principat: «Per quant havent acudit a la vila de Monmaneu moltes pobres criatures de llet de poch temps a esta part per ocasió de ser camí real y tenir los demés vehins pobres, y alguns d'elles se hàian trobat a la matinada en les portes dels batlle y jurats de dita vila, sense saber de qui són, essent en número que no és stat possible als de dita vila poder donar-lo lo sustento, tant en la llet com altres coses necessàries per al govern d'aquelles, nos sia stat representat que volent-los enviar a l'Hospital General d'esta ciutat, ahont recullen y governen les tals criatures y demés pobres de la província que acuden a ell, al voler-les passar y deixar en vostres districtes per a què de lloch a lloch arribessin a dit Hospital, haveu reparat y reparau en fer-ho, dient que per crides reals de ordre nostre publicades vos està prohibit lo recollir pobres y mendicants. Y com sia just que dites pobres criatures no patèscan y desitjan summament lo sustento y govern que convé y aquells arriben a dit Hospital, tractat en lo Real Consell, ha paregut manar despachar la present, per tenor de la qual a vosaltres y a quiscú de vosaltres a qui specta, diem, encarregam y manam que arribant les dites criatures a vostres districtes les recapteu y doneu lo sustento necessari y aquelles des de vostre lloch les aporteu a altre lloch per a què fàssam lo mateix fins a tant arriben a dit Hospital General, que a més que fareu lo que toca a bons christians, Déu, Nostre Senyor, ne restarà molt servit.»[61]

Vagabunds i bandolers.– Fills de la misèria, d'un poblament superior a les necessitats de l'organització econòmica de l'època, de la manca d'adequació entre una part de la societat i els Estats, i de l'esperit aventurer augmentat pel clima passional del Barroc, els vagabunds i els bandolers –incorporats recentment en el pla de la gran Història per Braudel– abunden molt arreu d'Europa. Pel que fa referència al bandolerisme, ens limitem ara a exposar unes característiques generals, deixant l'estudi de les principals quadrilles per a més endavant, en analitzar el govern dels respectius virreis.

A l'Espanya dels segles XVI i XVII – com arreu d'Europa– els vagabunds han donat lloc a la figura del *pícaro* i de la *germania,* objecte d'una rica literatura. El *Guzmán de Alfarache* ens parla, per exemple, de les multituds que arriben a Madrid «*tras un asnillo cargado de buena dicha*». A Catalunya la figura del *pícaro* està representada pels «vagabunds i balitres que van divagant per la terra jugant y fent lo gallo», com es llegeix constantment en els documents de l'època. Amb exageració, un memorialista aragonès del segle XVII escriu: «*Se distrahe la juventud catalana de trabajar y vive ociosamente, quedándose casi todos inhábiles y para siempre arrinconados, y lo que sobre todo admira, estrechados a la miseria y pobreza de su casa y rincón, donde los segundos y los terceros hijos se ven tan consolados de vivir de la sopa de su hermano con mil zozobras.*»[62]

Les pragmàtiques contra els vagabunds es van repetint gairebé cada any i les autoritats veuen el problema amb tota claredat en dir que aquells són el «seminari de lladres y bandolers».[63] L'any 1600, per exemple, el virrei, duc de Feria, dicta mesures contra els «homines divagantur per diversas civitates, villas et loca presentis principatus Cathaloniae et comitatum Rossillionis et Ceritanie, ludendo et ociose vivendo, tam diebus feriatis quam non feriatis...»[64]

Com arreu de la Mediterrània, el bandolerisme va ésser molt actiu a Catalunya durant els segles XVI i XVII. Catalunya greument afectada, doncs, pel bandolerisme barroc, va restar al marge, en canvi, del bandolerisme romàntic. L'existència d'un segle XVIII, caracteritzat per la dedicació absoluta dels catalans al treball és suficient per a explicar el canvi. Ja hem exposar les causes generals del bandolerisme, a les quals podem afegir l'existència de zones muntanyenques i, particularment, la frontera francesa, lloc de refugi i de noves envestides nodrides per gascons i bearnesos, així com també el pas a través de Catalunya de la ruta de l'or i la plata cap a Gènova. És la plenitud demogràfica de la muntanya que es va desbordant amb violència cap al pla i que avança i retrocedeix, com uns rigodons tràgics, segons l'energia de les autoritats en la persecució. També hi ha un bandolerisme aristocràtic, en el qual malgasten llurs energies els bàndols rivals. Considerat per Felip II –i fins a cert punt amb raó– com una mena de projecció a l'interior del país de la pressió calvinista a la frontera, el bandolerisme català i aragonès va contribuir en bona part, al gran viratge espanyol del segle XVI –vers 1568-1571– que transformaria el país en un reducte ideològicament diferenciat dels restants països de l'Occident europeu.[65]

La màxima virulència del bandolerisme català correspon al primer terç del segle XVII, en el transcurs del qual gairebé tot el país es migpartí entre nyerros i cadells. S'ha dit moltes vegades que els primers defensaven els drets senyorials i els segons els de les viles. Per nosaltres, la diferència no es tan clara, ni de bon tros. Més aviat, donat el clima d'exacerbació passional de l'època, ens atreviríem a dir que ambdós bàndols equivalien al que avui podria ésser una divisió dels habitants d'una ciutat entre els fanàtics de dos equips de futbol. Com escriu un memorialista aragonès de l'època, que contempla la situació de Lleida estant, nyerros i cadells *no se contentan con el nombre, sino que también se honran de la insignia, que es un perro para los cadells, dibujado y bordado en la charpa, y para los nyerros un lechoncillo de que hacen ostentación como pudieran de un hábito de Santiago».*[66]

Psicología del bandoler? Deixant de banda l'aurèola mítica de l'audàcia i de la força, i la simpatia que alguns podien despertar com un Quixot *desfazedor de entuertos,* així com també la idealització de la literatura romàntica, ens sembla fora de dubtes que la majoria actuaven com declararen els membres de la quadrilla d'En Serrallonga en el seu procés: «fer tres o quatres robos y uns quants ducats y anar-se'n després».[67] Això no vol dir, però, que es pugui deixar de banda la responsabilitat d'una societat amb un gran percentatge d'humils condemnats a la misèria, així com també el clima de violències de l'època. Entre un senyor de forca i ganivet, que per qualsevol motiu insignificant era capaç de penjar els seus vassalls, i un bandoler que obligava a seure dins una palangana amb oli bullent els qui es negaven a deixar-se robar,[68] la diferència és ben petita.

Entre els cabdills del bandolerisme català —en el lloc oportú hi farem una breu referència —podríem destacar-ne quatre, representants d'altres tantes generacions, de mitjan segle XVI a mitjan XVII: En Bartomeu Camps, En Montserrat Poch, En Perot Rocaguinarda i En Joan Sala i Serrallonga. Un document de l'època ens descriu així En Poch: «Home gran, escardallench, no molt gros i tindrà la barba molt mesclada, que passa de cinquanta anys i és accidentat de algunes basques, que diuen és mal de caure».[69] Era, doncs, un epilèptic? Una vegada més, la complexitat de cada home planteja nous problemes a l'historiador, que, en definitiva, sempre són els decisius i sobre els quals no podem aventurar sinó hipòtesis més o menys fonamentades.

Notes

1. Iglésies, Josep, *Pere Gil i la seva Geografia de Catalunya.* Barcelona 1949, pàgs. 118 i ss. Vegi's Giralt, E., i Nadal, J., *Ensayo metodológico para el estudio de la población catalana de 1553 a 1717,* «Estudios de Historia Moderna», III, Barcelona 1953.
2. *Discursos sobre la calidad del principado de Cataluña.* Lleida 1617, fol. 4.
3. *Ensayo,* pàg. 32.
4. *Ensayo,* pàgs. 9 i ss.
5. *La expulsión de los moriscos y sus consecuencias,* «Hispania», LI-LII, i *La cuestión morisca y la coyuntura internacional en tiempos de Felipe II,* «Estudios de Historia Moderna», III, Barcelona 1953.
6. *Ensayo,* pàgs. 34-35.
7. Des de mitjan segle XVI, amb el desenrotllament dels hugonots a Midi, les autoritats espanyoles van adoptar precaucions, amb la sospita d'un proselitisme calvinista. Vegeu el nostre llibre *Felip II i Catalunya,* Barcelona 1956.
8. Iglésies, *Pere Gil,* pàgs. 118 i ss.
9. Vegeu, amb tota mena de detalls, el nostre treball en la *Historia social y económica de España y América,* dirigida pel Prof. Vicens i Vives, en publicació.
10. ACA. (Arxiu de la Corona d'Aragó) CA. (Consell d'Aragó), 358.
11. ACA. Reg. 5515, fol. 217 i ss.
12. *Catalunya,* pàg. 343.
13. ACA. CA. 358.
14. Vicens i Vives, Jaume, *Notícia de Catalunya,* Barcelona 1955.
15. Per exemple, el Reg. 4731 del ACA.
16. Pàgs. 20-21.
17. *Discursos,* fol. 21.
18. Agraïm aquestes dades als amics mossèn Sanabre i John Elliott.
19. ACA. CA. 356.
20. Trevor Roper, Hugh, «Annales», núm. 3 (1955), 331-340.
21. *The Catalan Revolution of 1640,* «Estudios de Historia Moderna», IV, Barcelona 1954.
22. *Discursos,* fol. 11.
23. *Col·loquis,* pàg. 93.
24. *Col·loquis,* pàg. 21.
25. *Discursos,* fol. 11.
26. ACA. Reg. 5519, fol. 222.
27. ACA. Reg. 5527, fol. 161.

28. Aquesta tesi recent de Hugt Trèvor Roper destrueix la interpretación tradicional que fou la burgesia rica l'autora de la Revolució anglesa. Vegeu la nota 20.
29. *The Catalan Revolution,* pàgs. 17-18.
30. Vegeu el nostre treball citat en la *Historia social y económica de España y América.*
31. ACA. CA. 345, 356 i 358.
32. Gams, Pius Bonifacius, *Series episcoporum,* Leipzig, 1931.
33. ACA. CA. 358.
34. ACA. Reg. 4752, fol. 101.
35. ACA. CA. 261.
36. ACA. CA. 356.
37. ACA. CA. 345.
38. ACA. CA. 261.
39. ACA. CA. 345.
40. ACA. CA. 345.
41. ACA. Reg. 5528, fol. 79.
42. ACA. Reg. 5518, fol. 132.
43. ACA. Reg. 5527, fol. 15.
44. *Notícia de Catalunya,* pàg. 70.
45. *Discursos,* 2n., fol. 11.
46. *El Mediterráneo y el mundo mediterráneo en la época de Felipe II.* México 1953.
47. ACA. CA. 345.
48. ACA. Reg. 5526, fol. 146.
49. AHB. (Arxiu Històric de la Ciutat de Barcelona), Deliberacions, 1591, fol. 87.
50. AHB, Deliberacions, 1591, fol. 86.
51. AHB, Deliberacions, 1591, fol. 35.
52. ACA. Reg. 4671, fol. 2.
53. ACA. Reg. 4766, fol. 15.
54. ACA. Reg. 4764, fol. 50.
55. ACA. Reg. 4768, fol. 178.
56. ACA. Reg. 5218, fol. 163.
57. ACA. Reg. 4731, fol. 40.
58. *El Mediterráneo,* II, pàg. 40 i ss.
59. ACA. Reg. 4753, fol. 105.
60. Per exemple, Reg. 5524, fol. 193.
61. ACA. Reg. 5221, fol. 90.
62. Biblioteca Universitària de Barcelona, ms. 1189.
63. ACA. Reg. 4751, fol. 120.
64. ACA. Reg. 4768, fol. 264.
65. Reglà, J., *Felip II i Catalunya,* passim.
66. Biblioteca Universitària de Barcelona, ms. 1189.
67. Per exemple. Procès d'En Serrallonga, còpia de l'Ateneu Barcelonès, I pàgs. 12 i ss.
68. Procés Serrallonga, 12 i ss.
69. ACA. Reg. 4741, fol. 86.

L'economia

Consideracions generals.— Donat l'estat actual de la hisoriografia, no és possible fer una síntesi satisfactòria de l'economia catalana durant els segles XVI i XVII. Ho hem d'advertir clarament, per tal de situar el lector davant d'uns problemes que cada dia mereixen més l'atenció de la Història. Si aquesta, en definitiva, consisteix a interrogar el passat sobre els problemes que ens preocupen en el present, ben poques respostes concretes ens podran donar els nostres coneixements amb referència al desenrotllament de l'economia catalana durant els Austries. D'altra banda, les discrepàncies entre els autors ben sovint són radicals. Braudel, per exemple, escriu: «Sabem que la decadència catalana, perceptible en el segle XV, és féu ostensible en el XVI...»[1] Carrera Pujal, en canvi, ens parla de la florida de l'economia de Catalunya vers l'any 1550.[2] Aquest darrer ha portat a terme una recollida de materials interessantíssims en la seva coneguda *Historia política y económica de Cataluña (siglos XVI-XVIII)*. De totes maneres, com ja hem apuntat, ens manquen dades concretes per a arribar a una visió de conjunt satisfactòria.

Durante l'època que estudiem, l'economia europea passà per dues fases, gairebé coincidents exactament amb les dues centúries: una d'expansió, el segle XVI, i l'altre de contracció, el segle XVII. Seguint la cojuntura general, doncs Catalunya hauria conegut una etapa de prosperitat durant el XVI i una etapa de decadència durant el XVII. En línies generals, aquesta trajectòria es defineix així: cojuntura en alça durant bona part del Cinc-cents, esgotament durant la segona meitat del regnat de Felip II i profunda contracció amb un desgavell monetari produït per les mesures inflacionistes del billó durant els tres darrers Àustries.

¿Quines particularitats ofereix l'economia catalana durant els segles esmentats? Resumint l'anàlisi que fem més endavant, el nostre punt de vista és el següent. Pel que fa referència al Cinc-cents, la fase expansiva, a què abans ens hen referit, necessàriament va provocar un notable augment d'activitats en relació amb la decadència de la centúria anterior, quan les torbacions del principat durant el regnat de Joan II agreujaren encara més la crisi general –període de la «gran depressió» de l'economia europea, de finals del segle XIV a principis del XVI. La revifalla, però, no va arribar ni de bon tros al nivell dels temps anteriors a la crisi del Quatrecents– cal tenir en compte la decadència de la Mediterrània en benefici de l'Atlàntic. Braudel ens parla dels capitalistes barcelonins, que a poc a poc abandonen els negocis arriscats per les rendes segures i regulars de la Taula de Canvi i la compra de terres, fenomen que provocaria la decadència de la gran ciutat mercantívola i de tota la costa catalana.[3]

La davallada, ben perceptible ja a l'època de Felip II i coincident, en línies generals, amb l'esgotament de la cojuntura en alça, característica de l'economia espanyola de la segona meitat del segle XVI, fou continguda per la constitució, des de 1578, de la ruta Barcelona-Gènova, com a eix fonamental de l'esforç econòmic i bèl·lic de l'imperi hispànic, del qual Catalunya esdevenia la façana de projecció.[4]

En el conjunt de la fase de contracció del segle XVII, l'economia catalana ofereix particularitats ben notables. Durant el període anterior a la guerra de 1640, en paral·lelisme amb el desgavell monetari de l'època de Felip III i Felip IV, va agreujar-se extraordinàriament el problema plantejat per les exportacions de moneda, sobretot per les adquisicions de blats i teles de França. El «drenatge» monetari fou tan intens, que a més de provocar un malestar econòmic general en el país, va tenir una intensa repercussió social amb el bandolerisme, que llavors coneix la seva plenitud. D'altra banda, la dependència econòmica respecte de França és, podríem dir, la fase prèvia de la trajectòria política de la futura revolució catalana i alhora la causa local més important de la decadència de Catalunya. En efecte, el país convertit en una mena de colònia francesa pel règim lliurecanvista del tractat dels Pirineus de 1659, va començar a refer-se quan les guerres imperialistes de Lluís XIV van impossibilitar les relacions comercials. Si pel que fa referència a Espanya la recuperació de Catalunya a la segona meitat del segle XVII és una conseqüència del desplaçament de l'economia del centre a la perifèria —que es posaria ben bé de relleu en la centúria següent—, pel que es refereix a França és degut al tancament de la frontera. La francofòbia dels catalans de les darreries del Siscents i, en definitiva, l'oposició a Felip V va ésser la reacció natural contra l'explotació econòmica per part dels governants francesos.

Uns exemples reforçaran les consideracions que acabem d'exposar. Hem dit que la fase expansiva del segle XVI no va assolir el nivell dels temps anterios a la crisi iniciada a les darreries del Quatrecents. Vers l'any 1550, el tortosí Cristòfol Despuig escriu: «Un proverbi o refran que per denotar misèria se sol dir *par que sia taula de Barcelona,* que en certa manera par que se diga en perjuí de tota Catalunya... De aqueix refran o proverbi abús ne han fet los maliciosos, que en la real veritat no s'és introduït per denotar misèria, sinó per denotar molta abundància...»[5] El mateix diu que fou introduït durant els temps dels grans comtes. En canvi, l'accepció general que hom li dóna a la seva època no ofereix dubtes.

La desviació de la burgesia capitalista dels negocis arriscats cap a les especulacions sobre les terres de cultiu —fenomen general de la Mediterrània, segons la tesi de Braudel— tingué fortes repercusions a Catalunya. D'una banda va provocar la colonització de terres prop de les ciutats, com les del Llobregat, i de l'altra, una forta transferència de la propietat. L'any 1585, el virrei, comte de Miranda, escriu a l'arquebisbe de Tarragona: «Ab esta va un trasumpto autèntic de l'original d'un motu pròpio o constitució perpètua que Sa Santetat ha concedida y enviada a Sa Magestat contra dels que se alçaren ab les aziendes agenes, que vulgarment diuen fallits o abatuts, ab lo qual entendreu lo que Sa Santetat mana acerca de l'execusió della. Y perquè Sa Magestat, com a cosa molt convenient y necessària per el benefici públich y la bona administració de la justícia desija que inviolablement sia observada y nos encarrega que ab brevetat dit motu pròpio se publique y observe, per ço vos dien y encarregam que encontinent fassau aquell publicar y observar per tota aquesta diòcesi...»[6]

El desgavell monetari i les exportacions de moneda a França, a què abans ens hem referit, van provocar una abundant literatura. A principis del segle XVII, després de propugnar uns remeis semblants als dels arbitristes de Castella i d'afirmar que el diner abunda més a Castella que a Catalunya, escriu En Francesc de Gilabert: «*Pues si con tanta comodidad se puede impedir el sacar el dinero de la tierra, no será prudencia privarnos de las que el tener dinero nos acarrea, que son tantas, que nuestra lengua catalana, por usar de su brevedad, quiso comprenderlas en el refrán que dize:* «Qui té dinés, té tota res», *la verdad del qual sabe bien quien falta dél tiene, pues nada alcança»*.[7]

Una idea clara de la que podríem anomenar capacitat del mercat barceloní quant als proveïments, ens la proporciona el fet que els virreis sempre tenien necessitat d'enviar un «comprador» per tot el principat per tal d'adquirir els queviures destinats al consum de la seva casa. A vegades, fins i tot han de fer les compres a França. L'any 1584, escriu el comte de Miranda: «Com sia gran la suma de pans que nós havem de menester per provisió de nostra casa... per lo que deyen era estada molt tènue la collita y tenien per errada la anyada, puix ho era lo sementer...».[8] En vista d'això, decideix comprar el blat de França. No es tracta d'un fet isolat, sinó que es repeteix diverses vegades. És curiós que els virreis hagin de comprar el blat a França, mentre el seu sou, a causa de les escasses rendes de la monarquia en el principat, el pagava el rei amb els diners de València.[9] L'any 1632, el virrei, llavors el cardenal-infant Ferran, ordena al «comprador» Francisco Verdejo que recorri el principat i compri el necessari «per la provisió ordinària de nostra casa, així de volataria, carns, ous i peix, com d'altres coses».[10]

La dependència econòmica respecte a França i la francofòbia dels catalans a la segona meitat del segle XVII les posa de relleu la documentació de l'època. La composició de lloc que ens havíem fet, la veiem reforçada pels treballs dels senyors Giral i Nadal, a l'estudi dels quals, inèdit, sobre el comerç de Barcelona durant el segle XVII, ens referiem llargament més endavant.[11] L'esforç pel ressorgiment econòmic quan Catalunya és el camp de batalla entre Espanya i França, té un nom que el simbolitza: En Narcís Feliu de la Penya.[12]

Agricultura.— Els autors de l'època, portats per un optimisme injustificat, ens pinten amb colors brillants l'estat de l'economia agrària catalana. El jesuïta Pere Gil, per exemple, no es cansa de repetir «de la varietat i abundància de fruits que té Catalunya».[13] Més ponderant, En Francesc de Gilabert diu que *«a un año fértil se siguen dos estériles»*, però, que, cada tres o quatre anys, n'hi ha un de bo en el camp d'Urgell, *«cuya fertilidad es tan grande que la cosecha de un año de trigo hincha al principado para tres»*. Segons aquest autor, les importacions de blats estrangers es deuen al desig *«de sacar para sí provecho de quienes goviernan la ciudad, siendo los más mercaderes»*.[14]

És possible que de vegades hi hagués un esperit de lucre, però no es pot pas negar, i així ho posa de relleu constantment, la documentació, que, a excepció dels anys, sempre més encassos, de bones collites, el blat va constituir un greu problema a la Catalunya dels segles XVI i XVII. Braudel ha posat de relleu el drmaa cerealístic dels països mediterranis a l'època de Felip II,[15] i Carrera Pujal ha recollit moltes dades que demostren la gairebé constant penúria de blats a Barcelona.[16] La situació va agreujar-se molt des del darrer terç del segle XVI, en part per la manca de pluges. L'any 1576, el virrei prior de Castella, diu que Felip II desitja construir un canal en terres d'Urgell per tal de regar, amb aigües del Segre, el plà urgellenc i de la Ribera de Sió, ja que «en nostres temps han crescut tant les esterilitats y falta d'aigües en dit pla d'Urgell y ribera de Sió que manifestament se veu haver-se despoblades moltes cases y les viles y llochs ésser molt amoynades y destruïdes, y estar en camí d'acabar-se de perdre».[17] Anyades veritablement dolentes foren, entre altres, la de 1630-1631, i de 1687-1688, caracteritzades ambdues per una fam esgarrifosa i, la darrera, per una plaga de llagosta.[18]

La manca de blats i les dificultats del transport –fou construït un camí per a portar a Barcelona la collita d'Urgell– obliguen a fer crescudes importacions: d'Aragó, del Rosselló, del Sud de França, de les illes de Sicília i Sardenya i àdhuc del Nord d'Europa. Braudel[19] i Ruiz Martín[20] ens han parlat de les arribades de blat del Bàltic a Espanya, transportat per navilis anglesos i holandesos, durant les guerres de religió. Per la seva part, Carrera Pujal ha registrat la presència a Barcelona d'embarcacions angleses i holandeses l'any 1677.[21] El mateix autor destaca que França, Aragó i les Balears proporcionaven les carns.[22] Hen d'advertir que, de vegades, el blat comprat en terres llunyanes era requisat pel rei. L'any 1569, els consellers de Barcelona autoritzen Pau Saurí, «resident en fires de Castella», a cobrar del rei, «en los pagaments de la corrent fira d'octubre de Medina del Campo», les quantitats degudes «per raó del preu com dels gastos y despeses fetes per raó dels forments que Sa Magestat se prenguí de la present ciutat...»[23] Eren blats comprats per la ciutat a Múrcia –probablement de procedència estrangera i desembarcats a Cartagena– que el rei va requisar.

Ni les prohibicions d'exportar queviures, negoci dels agabelladors o estraperlistes de l'època, ni les disposicions minucioses d'alguns virreis –taxes, declaracions d'existències, sembrats– no van poder resoldre el problema motivat per una producció insuficient i una distribució complicada per les dificultats del transport.[24] A les zones de l'interior, les anyades dolentes provoquen la fam i la pesta, com si aquestes calamitats haguessin de restablir l'equilibri entre producció i consum. Les ciutats litorals, més afortunades, poden fer importacions de blats estrangers. En parlar del comerç veurem el «drenatge» de la moneda catalana cap a França per el pagament de les importacions de blat del Llenguadoc durant el segle XVII.

També escassejava l'oli,[25] com arreu d'Espanya. L'any 1630, el virrei, duc de Cardona, comunica que Felip IV li ha encomanat «la execució de l'arbitre que per algunes persones afectes a son real servey y augment del patrimoni real li és estar proposat, que consisteix en certa forma de beneficiar y stràurer fruyt del pinyol de la oliva y camiseta apegada a ell, que resta aprés de haver-la exprimida sos amos a tota voluntat i tret della l'oli en la forma que fins avuy se ha acostumat, del qual arbitre, havent-se fet experiència en la Andalucia y altres parts de Castella, ne ha resultats benefici molt gran, no sols a Sa Magestat, però als mateixos amos de les olives».[26]

En canvi, sembla que començava a tenir importància econòmica el cultiu de les vinyes. Totes les dades de la cancelleria dels virreis que coneixem, fan referència a Mataró. L'any 1579, per exemple, el «negociant» Jaume Martí, de la dita vila, és autoritzat per a exportar vint bótes de vi a l'illa de Menorca.[27] L'any 1616 es calculava que la producció de vi a Mataró era d'unes 300.000 cargues l'any, que permitien l'exportació de 500 bótes de vi.[28]

No és la primera vegada que en els nostres treballs fem una referència a la despoblació forestal de Catalunya, en gran part motivada pel consum de fusta a les Drassanes de Barcelona —construcció de galeres— i a la crema de boscos per facilitar la persecució de bandolers.[29] Cal advertir que Felip II va iniciar una política de repoblació forestal, encara que preocupat, només de disposar de fusta per a la fabricació de galeres. L'any 1574, el virrei, prior de Castella, després de fer referència a una pragmàtica del monarca sobre «plantar arbres», dóna ordres als veguers per tal que procurin la conservació del patrimoni forestal de les seves respectives jurisdiccions, ja que les Drassanes de Barcelona necessiten molta fusta.[30] Anys després —1638— el virrei, comte de Santa Coloma, reconeix que els boscs de Catalunya estan esgotats per la construcció de galeres, i planteja la necessitat d'una repoblació forestal.[31]

A excepció de la transhumància d'hivern, que a vegades ocasiona conflictes entre els habitants de la muntanya i els del pla,[32] l'economia pecuària no va tenir a Catalunya la importància que assolí a Castella amb la *Mesta*. Ja hem apuntat abans, i haurem d'insistir-hi després, que les manufactures catalanes de draps necessitaven la llana aragonesa i castellana. En canvi, va tenir interès, sobretot pel que fa referència a les relacions amb el bandolerisme i la pressió dels hugonots, el contraban de cavalls cap a França. L'any 1571, el virrei prior de Castella, es queixa que des del comtat de Cerdanya «se passen molts cavalls en lo regne de França»,[33] i el 1594, el nou virrei, duc de Maqueda, es plany que a la vegueria de Lleida es faci «saca de cavalls per ús dels heretges de França, cosa tan perniciosa a la christianitat».[34] Ens sembla evident com hem escrit en un altre lloc, que els cavalls d'Espanya –principalment d'Aragó i Catalunya– van contribuir molt a l'equipament dels exèrcits hugonots francesos durant les guerres de religió.[35]

Indústria.– Època daurada de l'organització gremial, la trajectòria de la indústria catalana durant els segles XVI i XVII reflecteix força bé les oscil·lacions abans esmentades sobre l'estat de l'economia del país, és a dir, una recuperació en bona part del segle XVI, un esgotament posterior, una forta davallada durant la primera meitat del segle XVII i una nova recuperació a finals de la centúria. L'activitat principal consisteix en les manufactures de draps de llana. Les causes locals d'ambdues davallades són: la de finals del segle XVI, el monopoli genovès en les llanes d'Aragó;[36] i la del segle XVIII, l'esmentada competència francesa, que desembocaria en el règim lliurecanvista de la pau dels Pirineus del 1659. Així mateix, la recuperació final va ésser deguda al proteccionisme establert de fet durant les guerres imperialistes de Lluís XIV.

A més de la indústria principal, la dels draps de llana, tenien una certa importància les manufactures de vaixella, vidres, guants, armes, cuiros, orfebrería, moles d'esmolar i de molí, així com també la construcció de galeres a les Drassanes de Barcelona,[37] la pólvora, el salpetre, les armes i el paper.[38] Ben pròspera era també la indústria editorial, amb una exportació de llibres considerable.[39]

Un interès especial tenien les mines –ferro, sobretot– a les quals, des de mitjan segle XVI, la Corona dedica una atenció com més va més considerable. A les dades, excessivament optimistes, del P. Gil,[40] podem afegir-hi detalls, interessants. L'any 1575, el virrei, prior de Castella, seguint instruccions de Felip II, demana una informació detallada sobre les mines i llurs beneficiaris dels comtats de Rosselló i Cerdanya.[41] Uns anys després

—1587— les autoritats es mostren molt satisfetes pel descobriment de mines de plom i de plata en el camp de Tarragona.[42] L'any 1603, el comte de Santa Coloma, convençut de l'èxit, decideix explotar les mines del lloc i castell de Santa Coloma de Queralt. Demana permís, i el virrei, duc de Monteleón, dicta les condicions: pagament del sèptim a la Corona i reservar absolutament per al rei les mines d'or que pugui trobar.[43] Els ducs de Cardona monopolitzaven «les montanyes grans y maravellosas de sal de Cardona, que están casi en mitg de Cathaluña».[44]

Si a la Catalunya litoral la indústria més important fou la manufactura de draps de llana, a les zones pirinenques la principal activitat correspongué a les fargues del Conflent, del Rosselló i de la Cerdanya, que ben sovint rebien encàrrecs del rei. L'any 1637, per exemple, Felip IV va ordenar fabricar «tres mil bótes per a les previsions de vi y aygua y altres de ses armades», per a les quals eren necessaris molts «sèrcols de ferro», que havien de fer-se «en els martinets de Conflent y Cerdanya ab extraordinària diligència».[45]

Hem dit abans que la política francesa respecte a Catalunya des de l'any 1640 té un precedent de caràcter econòmic. Més que qualsevol comentari nostre, el lector es podrà formar una idea clara dels precedents de les anexions franceses del tractat dels Pirineus amb el document que copiem a continuació. La conquesta «política» va venir quan l'«econòmica» ja era feta. L'any 1628, és a dir, set anys abans de començar la guerra entre Espanya i França, el virrei de Catalunya i bisbe de Solsona, Miguel de los Santos de San Pedro, escriu al procurador reial dels comtats del Rosselló i Cerdanya: «Estant informat lo Rey, Nostre Senyor, del excés gran que de alguns anys a esta part se va cometent en vendre les mines de ferro de les muntanyes de Conflent y Rosselló als francesos de la frontera y los molts danys que de açò resulten per lo que los dits francesos, no tenint ells bones mines, se valen de les dites, que són de les millors y més fines d'Espanya y en set o vuit fargues que han fet treballen contínuament, obrant dit ferro y fent pilotes per a artilleria, armes, clavasó y altres aparells per a la guerra, portant una gran negociació ab què guanyen molts milanars y se enriqueixen, en prejudici notable del servey de Sa Magestat y dels hòmens de Conflent, les quals havent acostumat valer-se de la lenya del bosch de Salvanera (que és de francesos) per a ses fargues, com los francesos la empleen en les sues no volen vendre-la y van apurant-se les dites mines, de manera que dins breu temps se ha de conèixer la falta gran, aiustant-se en assò que en França està prohibit ab gravíssimes penes lo tràurer de aquell regne cosa ninguna d'esta qualitat, aram, plom y demés metalls, és estat servit Sa Magestat, ab sa Real carta despachada per Consell d'Aragó, cometre'ns lo reparo de dit dany, encarregant la prompte execució, y que se li doni avís del que se haruà fet. Per ço, en compliment del dit real ordre, vos diem y manam que, ab imposició de graves penes y demés serveis convenients, posseu prohibició en la treta de dites mines de ferro fora regne y venda d'elles a francesos, y tenint concedides algunes licències les revocareu o suspendreu encontinent, en forma que cesse totalment lo portar-se a França dites mines, per convenir així al real servei, y executat lo damunt dit nos enviareu llarga y puntual relació de tot per a què se envie a Sa Magestat en conformitat del que ab la precalendada carta ordena y mana».[46]

Comerç.– L'abdicació del Mediterrani davant de l'Atlàntic, a conseqüència de les grans descobertes geogràfiques dels segles XV i XVI, i el trasllat del centre neuràlgic d'Europa devers els països nòrdics, característic dels temps moderns, necessàriament havien de provocar una decadència del comerç català en el seu aspecte més important: el moviment del port de Barcelona. Hem de lamentar de nou la manca de treballs monogràfics que ens permetin de trepitjar un terreny ferm. Redactem aquesta síntesi amb la bibliografia ja citada, en particular l'estudi dels Srs. Giralt i Nadal,[47] i les dades de les nostres investigacions.

Un tractadista de l'època, En Narcís de Peralta, en un *Memorial* publicat l'any 1620, escriu que, en contrast amb els ports on les mercaderies fan escala –Lisboa i Sevilla, per les d'Amèrica; Marsella, per les de Llevant, i Amsterdam, per les del Nord –*Barcelona no haze más del negocio de la propia tierra,*[48] és a dir, practica un comerç limitat a les possibilitats de Catalunya. Si bé l'afirmació és exagerada, és evident que les grans rutes del comerç passaven molt lluny de la ciutat dels comtes. Aquesta circumstància de caràcter general fou agreujada per fenòmens locals, que podríem sintetizar així: la manca d'incentius del país (manca d'una indústria florent) i l'excés d'incentius exteriors (invasió de mercaderies per tal de «drenar» l'or i la plata dels regnes d'Espanya). Com han observat els Srs. Giralt i Nadal, hi hagué, a més, un fet característic: el volum reduït del comerç entre Barcelona i Andalusia i l'estreta vinculació econòmica de Catalunya amb Itàlia, cares d'una mateixa medalla: tradicionalisme mercantil de Barcelona, que seguia mirant devers la Mediterrània central com en els dies de l'Edat Mitjana, indiferent (per rutina, manca de recursos o d'una situació legal adequada) a l'activitat econòmica que bullia en el Sud d'Espanya. Únicament ben entrada la segona meitat del segle XVII –vers 1680-1690– i coincidint amb la recuperació econòmica que abans hem posat de relleu, Catalunya orientarà el pes del seu comerç exterior devers la direcció americana. Però, en aquell moment, les manufactures franceses, angleses i holandeses ja havien pres un gran avantatge sobre el principal producte que la indústria del país podia oferir: els draps de llana.[49]

El comerç d'exportació estava nodrit principalment per primeres matèries –llana, seda, cuiros, ferro–, productes estrangers distribuïts per Barcelona (i teles fines de França, Itàlia i Països Baixos), llibres, vi aiguardent, pesca salada, draps, moles de molí i d'esmolar, vidres i mobles. Els principals mercats eren la costa catalana i rossellonesa, les Balears, València, Andalusia, Portugal, la França del Sud, Itàlia, Àfrica del Nord i l'illa de Malta. Paràgraf a part mereix l'exportació de moneda, el resultat de la qual fou una crisi monetària contínua. Aquest fenomen es vinculà amb el profund malestar econòmic i social de Catalunya a començament dels segle XVII. Com veurem, l'agreujament del bandolerisme, l'exportació de moneda i el neguit social són els aspectes diversos d'un mateix problema a la Catalunya de Felip III. La moneda anava a parar, sobretot, a França, per al pagament de les importacions de blat del Llenguadoc i de teles fines, i també al Nord d'Àfrica, per al rescat de captius.[50]

Si la moneda constitueix l'element més negatiu del comerç català d'exportació, el més positiu fou representat pels productes tèxtils, el gran mercat consumidor dels quals fou constituït per Roma, Nàpols, Sicília i Sardenya.[51]

El comerç d'importació era representat sobretot pels cereals, l'oli, la llana, l'arròs, les fruites, l'espart, les sedes, el sucre, les espècies, el formatge i la sal. Els llocs de procedència eren la costa llevantina i andalusa. Portugal, les Balears, la França del Sud –Marsella posava Barcelona en contacte amb els mercats mediterranis que aquesta no podia assolir per via directa–, Itàlia i Àfrica.[52]

L'estudi sistemàtic de la documentació de l'època ens posa de relleu dades interessants que contribueixin a arrodonir la visió general que hem sintetitzat. A les darreries del segle XVI, tenia una certa importància l'exportació de neu del Montseny cap a Itàlia, via Cotlliure.[53] Quan les necessitats hi obligaven, es permetia oficialment l'exportació de blats. L'any 1597, per exemple, el virrei, duc de Feria, autoritza a treure 300 cargues de blat del Rosselló i portar-les a Milà, per a l'adquisició de mil arcabusos destinats a reforçar la defensa del comtat.[54]

La guerra i la pesta —aquesta darrera, per evitar els contagis— implicaven la prohibició oficial de les relacions comercials amb els països afectats. A més del contraban, sol haver-hi excepcions autoritzades. Per exemple, pel gener de l'any 1598, durant la guerra entre Felip II i Enric IV, el virrei duc de Feria, autoritza el mercader barceloní Juan Serra a «posar dins los llímits d'aquest principat de Cathaluña sinc centes bales de pastell del regne de França, per a fer tintes per los draps de vostra botiga».[55] Pel setembre del 1628, havent tingut notícia que la pesta causa veritables estralls a Lió, el virrei, bisbe de Solsona, prohibeix les relacions mercantils per evitar contagis, «essent lo comerci tan ordinari ab esta província per les moltes robes, libres, papers y altres mercaderies que de allí solen arribar ab les barques de les fires y altrament...»[56]

És curiós constatar que la inflació del billó a la primera meitar del segle XVII contribuís al «drenatge» de l'or i de la plata. L'any 1638, el virrei, comte de Santa Coloma, comunica a Felip IV el compliment de les seves ordres referents a la prohibició d'introduir coure a Catalunya, el qual procedeix de «terres d'enemichs de Sa Magestat». Per al pagament del coure, sortia del principat molt d'or i plata.[57]

L'any 1627, en relació amb la vacil·lant política del comte-duc d'Olivares, a la qual ens referim en el lloc oportú va registrar-se un intent d'activar el comerç entre Barcelona, i l'Àfrica septentrional, però el virrei, bisbe de Solsona, va invocar les Constitucions del país, que prohibien l'exportació d'unes mercaderies determinades.[58]

Moneda, preus i salaris.— Durant l'època que estudiem, no existí una unitat monetària a Espanya, sinó que cada regne conservà el seu sistema propi. A Catalunya, com a la resta de la Corona d'Aragó, aquest consistia en el diner-moneda o moneda reial (trentins, croats, menuts) i en el diner mesura o moneda de compte. Castella tenia una sola moneda de compte: el maravedís. En canvi, Catalunya, i tota la Corona d'Aragó en tenien tres: el diner, el sou i la lliura, amb l'equivalència següent: 1 lliura = 20 sous; 1 sou = 12 diners, i. pertant, 1 lliura : 240 diners. Aquesta relació es mantingué sempre invariable; en canvi va oscil·lar molt la seva correspondència amb el diner-moneda, a causa de les alteracions monetàries del segle XVII.

Com a la resta d'Espanya, la situació es mantingué amb tota normalitat durant els regnats de Carles V i Felip II, corresponents a la fase expansiva de l'economia abans esmentada. La depressió del segle XVII, en canvi, va caracteritzar-se per les contínues inflacions i deflacions del billó, que provocaren l'anarquia més espantosa en els preus i desorganitzaren tota relació possible entre les mercaderies i llur valor, sempre a compàs de les necessitats de la Corona. A la vegada, aquestes comencen a plantejar la crisi entre el principat i la monarquia dels Austries, coincidint amb la davallada (1630-1635) dels tresors procedents d'Amèrica. A la llum d'aquest fenomen, els esdevinements del 1640 no són sinó el punt culminat de la crisi, quan acaba la importància mundial de la plata americana.[59]

El desgavell monetari del segle XVII tingué a Catalunya manifestacions locals de considerable interès. El «drenatge» de l'or i la plata cap a França, amb la dependència econòmica respecte del país veí, n'és un aspecte. A més del corrent inflaccionista, molt acusat durant la guerra amb Felip IV (1640-1652), cal tenir en compte la «fabricació de falsa moneda y el sersenar la bona», com es llegeix en els documents de l'època. Un informe interessantíssim enviat a Felip III pel virrei, marquès d'Almazán, l'any 1614, ens dóna una visió completa del procés. Les dificultats van començar l'any 1587, amb les encunyacions de moneda de billó, *«tan ruin que de un escudo de metal se sacavan más de onze escudos de menudos»*. De moment, això va proporcionar molts beneficis i *«se dieron la mayor parte de la gente ociosa y de los villanos, assí naturales como franceses (de que hay gran número en esta provincia) a hazer menudos, por la mucha ganancia, de las vaixillas de alambre* (aram) *que tenían y compraban para ello»*. Per frenar aquesta producció de menuts, a principis del segle XVII va disposar-se que *«no se pudiesen dar en ningún pagamento más de onze menudos, que bastaban para rematar cualquier cuenta de libras, sueldos y dineros, que es la moneda que siempre ha corrido acá»*. Però llavors *«los oficiales diestros en esta fábrica de menudos dieron en cercenar la moneda de plata, que entonces era cabal en su peso, y de las cercenaduras fabricaban reales sencillos y de a dos»*. L'abús va fer que intervingués el virrei, *«obligando a resolver* (que la moneda de plata) *corriese a peso y no de otra manera, de manera que en un día se halló esta provincia agotada de la mitad de la moneda que en ella había»*. Però aquesta mesura va tenir una conseqüència inmediata: l'augment del bandolerisme. En efecte, continua l'informe d'Almazán dient que *«la mayor parte de los que con ello vivían, que eran infinidad de gente, faltándoles aquel modo de hurtar, dieron en salteadores de caminos, que ha sido causa de haber después acá tantos por Cataluña y sucedido tantos males»*.[60]

Per arribar a establir sòlidament el nivell de vida de les classes productores és indispensable posseir estadístiques detallades dels preus i salaris, que a la vegada ens donin una idea clara del poder adquisitiu de la moneda, és a dir, del salari real. A la Catalunya dels segles XVI i XVII, les dificultats són avui insuperables. El desgavell monetari del segle XVII requereix un estudi detingut per a poder escatir a cada moment el poder adquisitiu de la moneda amb les contínues inflacions i deflacions. Tampoc no disposem de detalls suficients respecte dels salaris. Amb aqueste reserves, el lector haurà de prendre com a ben provisionals les conclusions que segueixen.

Les obres realitzades en el Palau de la Generalitat, a Barcelona, donen els salaris següents de diversos oficis durant el període 1570-1700. Les xifres expressen el salari diari en sous.[61]

Anys	Manobres	Mestres fusters	Fusters	Mestres de cases	Paletes
1570	3-3,5	5	4	5	—
1575	3,5	—	5	—	—
1582	3	5	5	5	—
1596	4	5-6	5-6	—	—
1600	4	6	6	6	6
1610	4	5-6	5-6	—	5-6
1626	4	6	5	6	6
1644	5	7-8	7-8	7-8	7-8
1647	6	10	10	10	10
1650	8	16	14	16	14
1656	9-10	16	—	16	—
1662	9	14	14	16	14
1700	8	14	12	14	12

A l'hora de constatar la capacitat adquisitiva dels salaris, les dificultats augmenten. El preu del blat, per exemple, varia segons l'època de l'any, amb freqüents diferències que arriben fins al 75 per 100 entre hivern i estiu, i les collites. Aquest procés, el solen ignorar les dades oficials. Per exemple, el virrei de Catalunya, bisbe de Solsona, escriu al secretari Juan Lorenzo de Villanueva que entre la primavera del 1623 i l'estiu del 1627, és a dir, quatre anys, el preu del blat ha oscil·lat entre 24 i 30 sous la quartera (de 55 a 60 quilos).[62] Ja hem dit que les variacions havien d'ésser necessàriament més amples. A Berga, segons dades facilitades per l'amic Manuel Riu, una quartera de blat valia d'una lliura 17 sous a 3 lliures 4 sous entre 1697 i 1698.

Del que hem dit sembla deduir-se que el salari legal era suficient perquè una família pogués resoldre les nacessitats més peremptòries a la Catalunya dels segles XVI i XVII: un manobre, per exemple, guanyaria una quartera de blat cada setmana. Cal tenir en compte, però, la dificultad que planteja tot intent d'avaluació dels salaris, així com també la devaluació constant de la moneda de billó, únic diner a la butxaca dels humils, cada dia més aixafats per la pressió tributària.[63]

Notes

1. *El Mediterráneo,* I, pàg. 124.
3. *Historia política y económica de Cataluña* (siglos XVI-XVIII). Barcelona, 1947, I. pàgs. 294 i ss.
3. *El Mediterráneo,* I, pàg. 123.
4. *El Mediterráneo,* I, pàg. 415 i ss.
5. *Col·loquis,* pàg. 44.
6. ACA. Reg. 4756, fol. 4.
7. *Discursos,* 2n., fols. 21 i 27.
8. ACA. Reg. 4751, fol. 96.
9. Elliot, *The Catalan Revolution,* pàg. 12.
10. ACA. Reg. 5521, fol. 246.
11. *Los seguros marítimos y el comercio de Barcelona (1630-1665),* Premi «Antonio Par», 1955 del Col·legi Notarial de Barcelona. Agraïm als autors que ens hagin permès utilitzar el text inèdit.
12. Soldevila, Ferran, *Història de Catalunya,* Barcelona 1943, II, pàgs. 346 i següents.
13. Iglésies, Josep, *Pere Gil.*
14. *Discursos,* 2n., fols. 21-22.
15. . El Mediterráneo, I, pàg. 484 i ss.
16. *Historia, política y económica,* I, pàgs. 509 i ss.
17. ACA. Reg. 4740, fol. 152.
18. Carrera Pujal, J., *Historia política y económica,* I, pàgs. 258 i 509 i ss.
19. *El Mediterráneo,* I, pàg. 533 i ss.
20. *La etapa marítima de las guerras de religión,* «Estudios de Historia Moderna», III, Barcelona 1953.
21. Carrera, *Historia política y económica,* I, pàgs. 509 i ss.
22. Carrera, *Historia política y económica,* I, pàgs. 509 i ss.
23. AHB, Deliberaciones, 1569, fol. 16.
24. Vegeu el nostre llibre *Felip II i Catalunya.*
25. Carrera, *Historia política y económica,* I, pàgs. 509 i ss.
26. ACA. Reg. 5520, fol. 78.
27. ACA. Reg. 4746, fol. 25.
28. ACA. CA. 358.
29. Vegeu el nostre llibre *Felip II i Catalunya.*
30. ACA. Reg. 4737, fol. 174.
31. ACA. CA. 389.
32. Braudel, *El Mediterráneo,* I, pàg. 45.
33. ACA. Reg. 4737, fol. 30.

34. ACA. Reg. 4767, fol. 13.
35. Vegeu el nostre llibre *Felip II i Catalunya.*
36. AHB, Deliberacions, 1591, fol. 87.
37. Romeva, Pau, *Història de la indústria catalana,* Barcelona 1952, I, pàgs. 107 i següents, i Carrera, *Història política y económica,* I, 294 i ss.
38. ACA. CA. 399 i Reg. 4768, fol. 248.
39. Rubio, J., i Madurell, J., *La imprenta y el libro en Barcelona,* Barcelona, 1955.
40. Iglésies, J., *Pere Gil,* pàg. 208 i ss.
41. ACA. Reg. 4737, fol. 181.
42. ACA. Reg. 4759, fol. 70.
43. ACA. CA., 345.
44. Iglésies, *Pere Gil,* pàg. 201.
45. ACA. Reg. 5525, fol. 38.
46. ACA. Reg. 5517, fol. 301.
47. *Los seguros marítimos.*
48. Citat per Giralt-Nadal, *Los seguros marítimos.*
49. Giralt-Nadal, *Los seguros marítimos.*
50. Giralt-Nadal, *Los seguros marítimos.*
51. Giralt-Nadal, *Los seguros marítimos.*
52. Giralt-Nadal, *Los seguros marítimos.*
53. ACA. Reg. 4763, fol. 10.
54. ACA. Reg. 4767, fol. 207.
55. ACA. Reg. 4767, fol. 236.
56. ACA, Reg. 5518, fol. 46.
57. ACA. CA. 389.
58. ACA. CA. 376.
59. Ens remetem al nostre treball en la *Historia social y económica de España,* abans citada.
60. ACA. CA. 356.
61. Ens remetem al nostre treball en la *Historia social y económica de España,* abans citada.
62. ACA. CA. 376.
63. Ens remetem al nostre treball en la *Historia social y económica de España* abans citada.

Les institucions polítiques

Consideracions generals.— L'ordre institucional donat pels Reis Catòlics a la monarquia hispànica, que en línies generals va perdurar fins a la «Nova Planta» de Felip V (1716), aspirava a mantenir l'equilibri entre dues forces de sentit contrari: estàtica l'una i dinàmica l'altra. La primera, la constitueïen les entitats autònomes, amb Constitucions i privilegis que obstaculitzaven el lliure desenrotllament de l'autoritat del monarca. La segona estava representada per la reialesa. Aquella, doncs, disposa de parapets legals per a frenar la trajectòria de la darrera devers l'absolutisme —tendència característica de la monarquia a l'Europa occidental durant els segles XVI i XVII. El conflicte, inevitable, donada la manca d'adequació normal entre els marcs institucionals i les exigències de la vida, podia desembocar en una d'aquestes tres solucions: triomf de la força estàtica, de la dinàmica o bé en una nova situació d'equilibri, que en definitiva representaria l'ajornament del plet. Aquesta darrera fou la trajectòria de l'ordre institucional hispànic dels Habsburgs, que presideix la periodització adoptada a la segona part d'aquest llibre: equilibri entre les institucions autònomes del principat de Catalunya i la reialesa durant el segle XVI (regnats de Carles V i Felip II), ruptura d'aquest equilibri, amb l'intent d'imposar l'absolutisme, a la primera meitat del segle XVII (Felip III i Felip IV), i un nou equilibri posterior, amb el neoforalisme que caracteritza el regnat de Carles II. Fins a la crisi de 1640, la trajectòria de la monarquia hispànica és semblant a la dels restants països de l'Europa Occidental. A la segona meitat del segle XVII, en canvi, l'estructura de l'Estat espanyol constitueix un cas singular. En efecte, les monarquies de l'Occident europeu superen, en general, les crisis de mitjans de la centúria amb una solució de força, l'absolutisme, l'exemple típic del qual el dóna la França de Lluís XIV. A Espanya, en canvi, no s'aconsegueix d'imposar l'autoritat del monarca sobre el pactisme en la Corona d'Aragó. Després de la nova incorporació del principat de Catalunya a la monarquia de Felip IV, queda restablerta la situació legal anterior. El xoc entre les forces estàtica i dinàmica no es resol normalment a la monarquia hispànica fins a la Nova Planta de Felip V.

Les gran entitats que constituïen la monarquia hispànica dels Habsburg eren els regnes de la Corona de Castella i els de la Corona d'Aragó. Les facultats de la reialesa hi eren ben diferents. A Castella, en definitiva, la trajectòria devers la monarquia absoluta pot seguir un camí sense obstacles legals. A la Corona d'Aragó i el principat de Catalunya, en canvi, els organismes autònoms heretats de l'època medieval obstaculitzen a cada moment, com ja hem dit, la trajectòria esmentada. Això explica que la tendència cap a l'absolutisme sigui paral·lela a l'esforç per la castellanització de tota la península, és a dir, amb l'intent de fer extensiu a tot Espanya el dret públic de Castella.

Com han posat de relleu els especialistes, el Dret català, públic i privat, segueix el seu desenrotllament normal fins a l'any 1599,[1] és a dir, a començaments del regnat de Felip III, quan va a plantejar-se la crisi entre el principat i la monarquia, a què abans hem fet referència. A les Corts celebrades a Barcelona l'any esmentat, van adoptar-se un conjunt de mesures recopiladores. Brocà escriu que entre 1599 i 1716 (decret de Nova Planta) el Dret català queda immobilitzat, fossilitzat.[2] A partir de 1716 comença la seva decadència.

Hem de lamentar, una vegada més, la manca de treballs monogràfics, indispensables per a estructurar una satisfactòria visió de síntesi. El lector ha de tenir present que nosaltres el guiem a través del període més desconegut de la Història de Catalunya i que, si bé avui aquest període constitueix l'objectiu d'alguns investigadors, hauran de transcórrer encara alguns anys abans de poder recollir els fruits de llurs treballs.[3]

Magistratures i oficis: graus i jerarquització.— Un autor del segle XVII, el rossellonès Andreu Bosch, en un llibre avui encara fonamental,[4] distingueix set graus de magistrats en el principat de Catalunya i comtats del Rosselló i Cerdanya, i analitza detingudament —amb poca claredat— les seves funcions respectives.

Els magistrats de «primer grau» són el rei, la reina, el primogènit —com a governador general nat— i el lloctinent o virrei. Aquest darrer, com a «alter nos» del rei, és el seu representant, donat l'absentisme reial a Catalunya des dels temps de Ferran el Catòlic. Estudiades per Vicens i Vives les funcions dels virreis a les darreries del segle XV,[5] nosaltres, sense cap aportació monogràfica que ens ajudi a perfilar les característiques d'aquesta institució a l'època que estudiem, ens limitem a dir que el virrei, com a representant directe del monarca, és el cap de tots els altres magistrats. Amb paraules d'Andreu Bosch, el càrrec de virrei «no és de constitució ni altra lley de la terra».[6] Això vol dir —ja ho hem exposat abans— que aquesta magistratura fou creada per la Corona, a conseqüència de l'absentisme reial.

A excepció dels moments —pocs, com veurem— en què el càrrec és ocupat per alguna jerarquia eclesiàstica, els virreis de Catalunya, gairebé sempre castellans, formen part de les classes aristocràtiques, i, abans o després, se solen encarregar del govern d'altres països de la Corona aragonesa, des de València a Sicília. Tots ells, en general, surten de la mateixa minoria dominant, és a dir, de l'oligarquia nobiliària que monopolitza l'exercici del poder a l'Espanya dels Àustries, des de la guerra de les Comunitats de Castella a les darreries del regnat de Carles II. Les decisions dels virreis corresponien al coneixement i assessorament de la Cancelleria i Audiència reials, de manera que, si ells no es troben presents, aquestes tempoc no poden actuar. Llavors entraven en funcions els consells dels governadors i portantveus de governador. La duració del càrrec solia ésser, en general, de tres anys, tant per als virregnats europeus com per als d'Amèrica, sense que, com veurem, es tracti d'una periodificació matemàtica. Alguns van ocupar el càrrec durant nou anys, com Fernando de Toledo, prior de Castella (1571-1580); altres, set, com Diego Hurtado de Mendoza (1564-1571), i altres, un, com el comte d'Aitona (1580-1581). El virrei cessava automàticament quan el rei entrava en el principat, i per a tornar a exercir el càrrec calia un nou nomenament i un nou jurament de les Constitucions i els privilegis del país. La documentació de l'època sol definir així aquesta formalitat: «Arriba ab privilegi nou, com es pratiga per haver vist la cara de Sa Magestat».[7]

En el transcurs del segle XVI, sense que puguem precisar quan tingué lloc la vinculació dels dos oficis, s'afegi al càrrec del virrei el de capità general. Originàriament aquest càrrec fou extraordinari i només apareixia en temps de guerra, per asumir-ne la direcció. Tenia, llavors, un tribunal propi. Ben aviat van produir-se abusos, quan els capitans generals pretengueren continuar exercint el càrrec en temps de pau, així com també fer actuar aquest tribunal en circumstàncies normals. Les autoritats catalanes protestaren i la Reial Audiència va dictar sentència contra l'abús esmentat en 1553. El mateix organisme va revocar els guiatges que el capità general havia concedit als francesos mitjançant diners l'any 1555. Segons Carreres Candi —cosa no gens clara per nosaltres—, a finals del segle XVI fou suprimit aquest càrrec i ajuntades les seves funcions a les dels virreis.[8]

Constituïen «el segon ordre o grau» dels magistrats del principat de Catalunya i comtats del Rosselló i Cerdanya el «governador general» i els «portantveus». El primer ho era, com escriu Andreu Bosch, «entenent que no sia lo primogènit o infant, que los tals, com sien governadors generals de tots los regnes, entren en lo primer ordre». Són càrrecs de constitució, és a dir, magistratures creades per les lleis del país.[9]

Font i Rius ha sintetitzat el que es coneix dels càrrecs esmertats en els següents termes: «*El gobernador general —único para toda la Corona* (vinculat a la persona del primogènit o suposat hereu)— *tenía delegados suyos en el reino o Estado donde ejercían sus funciones* (gerens-vices 20 portantveus), *pero que el uso vulgar daría en llamar también* gobernador, *en lugar de* portantveus» (Bruniquer, per exemple, escriu: «el portantveus de governador a qui comunment diem gobernador»). *De hecho, el lugarteniente o virrey fue heredando el papel y las funciones del gobernador (así por ejemplo, la convocatoria de Cortes), pasando éste, en el transcurso del siglo XV, a una situación cada vez más honorífica».*[10] Aquesta és la situació a l'època que estudiem: el governador general pràcticament desapareix i no hi ha més que els anomenats indistintament governadors i portantveus, un per al principat de Catalunya i l'altre per als comtats del Rosselló i Cerdanya. La jurisdicció del de Catalunya arribava fins al coll de Panissars i era major o menor segons l'exercités absents o morts el rei o virrei. Era inspector dels veguers i tenia l'obligació de recórrer gairebé constantment el territori del principat, amb la prohibició de residir més de quatre mesos a la mateixa vegueria, i, a Barcelona, només el temps autoritzat pels consellers. El càrrec fou declarat triennal en 1493, i així va perdurar fins a la darreries del segle XVI, en què va disposar-se que seria de reial beneplàcit. D'una manera il·legal, els governadors acostumaven a fixar la seva residència a Barcelona, i l'any 1605, en constituir-se una unió o concòrdia contra bandolers, se'ls féu present que tenien obligació de «seguir la terra». Com els virreis, també tingueren incidents amb els consellers de la ciutat de Barcelona per qüestions de cerimonial. Entre altres coses, els governadors tenien la pretensió de disposar d'un coixí en els oficis divins de la Seu.[11] El governador o portantveus del Rosselló residia a Perpinyà i prestava jurament del càrrec als seus cònsols. El nomenament d'aquests magistrats era una prerrogativa reial i, per mort o impediment del monarca els nomenava el lloctinent o virrei.

Els magistrats de «tercer grau» eren el «mestre racional» i els seus «lloctinents», càrrecs també de constitució o ordinaris. El mestre racional, equivalent al «presidens aerarii» del Dret romà, era una mena de ministre de Finances, encarregat de rebre els comptes dels rèdits i béns patrimonials reials de tots els oficials, des del batlle general als veguers.[12]

Constituïen les magistratures de «quart grau» la «batllia general» del principat de Catalunya i la «procuradoria reial» dels comptats del Rosselló i Cerdanya. Ambdós funcionaris tenien a càrrec l'exacció i administració de les regalies patrimonials. Entre 1520 i 1523, Carles V va precisar les seves funcions, amb ordenances de caràcter complementari. Segons les comparacions de Bosch, equivalien al «procurator Caesari» del Dret romà.[13]

El «batlle general» de Catalunya era, doncs, un alt administrador de les rendes reials en el principat, per les quals pagaven 4.300 lliures anuals llurs arrendataris a començaments del segle XVII. Les seves funcions primitives van ampliar-se amb el coneixement de les causes del reial patrimoni i de tota la seva administració. Podien autoritzar l'exportació de mercaderies prohibides —en casos especials, com el blat, s'ho reservava el rei o el virrei— i intervenir en les reformes de caràcter urbà. El càrrec de «procurador reial» en els comtats de Rosselló i Cerdanya era sinònim del que acabem d'analitzar. Fou creat l'any 1360, i se suprimiren llavors els procurador reials existents a Perpinyà, Cerdanya i Conflent.

Dels dos càrrecs esmentats depenien els següents: el de «mestre d'aigües», el de «mestre de ports», el de «mestre de forets», i el «comissari d'amortitzacions». Les seves funcions respectives, detalladament exposades per Bosch, es dedueixen del títol de l'ofici.[14] També depenien dels batlles generals i procuradors reials un conjunt de «lloctinents, jutges, advocats, fiscals, receptors, notaris i escrivans».[15]

Els magistrats de «cinquè grau» eren el «tresorer general» i el «regent de la tresoreria». El primer resideix a la Cort, en immediata relació de dependència amb el Consell Suprem d'Aragó. El segon és un oficial privatiu de Catalunya, subordinat a l'anterior. Entre les seves funcions cal destacar l'exacció i custòdia de tot el que ingressa en els cofres reials per donatius, subsidis, confiscacions, composicions i condemnes en causes criminals.[16] L'any 1448, probablement per influència siciliana, fou creat l'ofici de «conservador general», magistratura de «sisè grau», segons la jerarquització d'Andreu Bosch.[17]

Els magistrats de «setè grau» eren els «veguers», els «batlles» i els «jutges», tots ells càrrecs de Constitució. Durant els segles XVI i XVII, subsisteix l'antiga divisió administrativa en vegueries –16 al principat de Catalunya i 4 als comtats del Rosselló i Cerdanya– i batllies. Les primeres constituïen una compartimentació bàsica, calcada, sovint, sobre les comarques naturals i antics comtats. La batllia és una circumscripció més petita, una mena de terme municipal. El «batlle» fou, originàriament, un funcionari de caràcter econòmico-administratiu. Després van ésser-li encomanades diverses funcions judicials. Les batllies es dividien en reials i de barons. Els cavallers estaven exclosos de la jurisdicció dels batlles i depenien, directament, de la dels veguers.

Des del punt de vista jeràrquic, doncs, els graus de l'administració eren els següents: virrei, governador o portantveus, veguer i batlle.[18]

Els consells.– Al costat de les principals magistratures hi havia els Consells i les Audiències. Juntament amb els oficials de primer grau (rei, virrei) actuava el «Consell de Catalunya» amb la seva «Reial i Suprema Audiència». Bosch distingeix un Consell ordinari o estricte, en el qual es tractaven els afers importants del principat i els comtats, i un Consell extraordinari, integrat per les personalitats que tenien el privilegi de «consellers del rei».

La Reial Audiència estava formada pel canceller, el vice-canceller, el regent de la Cancelleria, el regent de la Tresoreria i els doctors del Reial Consell. El president era el rei o el virrei. Les Corts de 1599 van dictar importants mesures referents a la Reial Audiència. Va disposar-se que aquesta es dividiria en tres Sales, amb un president i cinc ministres per cada una. A la tercera Sala –Criminal– foren agregats tres jutges de cort.

Escriu Andreu Bosch que el canceller no era més que l'assessor del rei. El vice-canceller era el lloctinent del canceller, de la mateixa manera que ho era d'ell el regent de la cancelleria. Totes les qüestions judicials havien d'escatir-se amb la signatura d'un dels tres magistrats. El canceller distribuïa les causes entre els doctos del Consell reial i tenia el privilegi de guardar el segell del rei. En qüestions de precedència, era superior als portantveus.

Els requisits per a exercir el càrrec eren els següents: ésser persona eclesiàstica, graduada en Dret canònic o civil. El vice-canceller havia d'ésser seglar i també graduat.[19]

Per governar des de la Cort els Estats de la Corona d'Aragó, Ferran el Catòlic va crear l'any 1491 el Consell Suprem d'Aragó, extinguit per Felip V l'any 1707. Organisme de caràcter consultiu, com els altres Consells de la monarquia hispànica dels Habsburg, apareix a vegades com a intermediari entre els virreis i el monarca.[20] Des de començaments del segle XVII el Consell d'Aragó es convertí en el centre d'on partien les directius polítiques de la monarquia devers Catalunya. Bona part dels actes, la responsabilitat dels quals s'atribueix als monarques o bé a llurs secretaris o *validos*, foren preparats, aconsellats i dirigits pels presidents o els vice-cancellers d'aquest organisme.

L'esquema sintetitza la jerarquització que hem estudiat/i

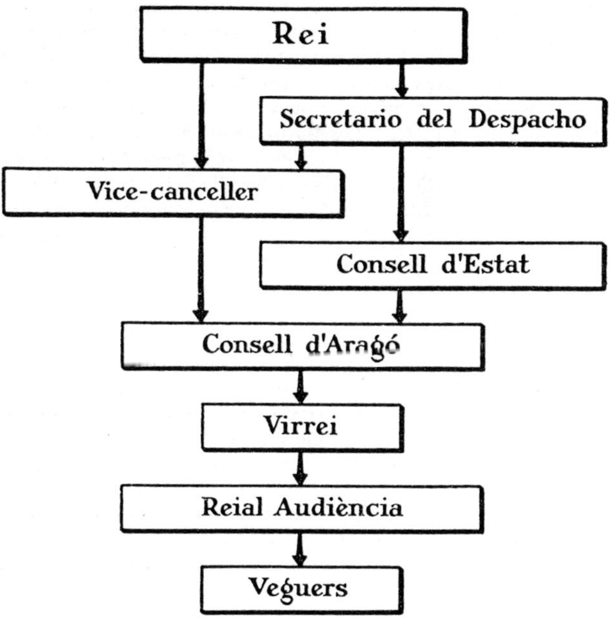

Jerarquia política i administrativa de Catalunya.

Les Corts i la Generalitat.– om a institució representativa, en realitat, de l'oligarquia catalana de l'època, les Corts, amb els tres braços –el popular o reial, el militar o aristocràtic i l'eclesiàstic– constitueixen l'element que frena el pas a l'absolutisme monàrquic pel fet de disposar lliurament dels «serveis» votats a la reialesa. En estudiar sistemàticament els virreis, farem una referència a les Corts més importants. De moment diren que hi ha una tendència molt marcada cap a la substitució de les Corts particulars de cada regne per les generals de tota la Corona d'Aragó, les sessions de les quals tenien lloc a Montsó.

En fer l'examen de les mentalitats socials en el capítol primer, hen vist la projecció respectiva de cada estament a les Corts. Hem d'insistir que la crisi de la societat catalana, particularment notable a la primera meitat del segle XVII, va fer de les Corts –les de **1626**, per exemple–, a conseqüència de l'actitud adoptada pels cavallers, un parlament gairebé ingovernable, anàrquic, segons ha demostrat Elliott.[21]

La Diputació permanent de les Corts –Diputació del General o Generalitat–, integrada per sis persones (un diputat i un oïdor de comptes per cada estament, tradicionalment presidits pel diputat del braç eclesiàstic), continua exercitant les mateixes funcions dels temps anteriors, que Valls i Taberner i Soldevila van definir així: «En l'ordre legislatiu corresponia al General de Catalunya la publicació dels actes de cort i l'explicació o interpretació d'aquests, igual que dels usatges i constitucions. Les seves atribucions polítiques consistien, principalment, a vetllar pel manteniment de les constitucions i privilegis i a lliurar als representats de la Corona els subsidis votats per les Corts. Per al cas en què la defensa de les llibertats de la terra hagués de donar lloc a la proclamació del sometent, el General tenia un arsenal i magatzems de municions. Tot el que es referia a l'armament anava a càrrec del drassaner i dels seus subordinats. Al servei del General hi havia una guàrdia permanent. Ultra aquestes atribucions militars, la Generalitat tenia també atribucions de marina, amb una flota per a la protecció de les costes i del comerç català: la qual flota, en cas de guerra, podia ésser prestada al rei o al seu lloctinent general, mitjançant les garanties necessàries. La Generalitat tenia, també, determinades atribucions de justícia i de policia, amb jurisdicció pròpia. El Tribunal dels provisors de greuges estava encarregat de jutjar les causes relatives als drets fixats per les Corts. Els visitadors havien de resoldre les reclamacions presentades contra l'actuació dels diputats, oïdors i funcionaris durant el trienni extinguit. La Generalitat curava de fer capturar els criminals que hi fossin denunciats pel procurador fiscal». A més cal afegir-hi les atribucions financeres: dret de la bolla sobre la indústria tèxtil, certs drets sobre les importacions i exportacions de diversos articles (dret del General) i sobre els esclaus que es treien del territori. Aquests drets, dits «generalitats», solien ésser arrendats.[22]

La Diputació del General constituï a la representació suprema de l'oligarquia catalana, que, com ja hem dit abans, en estudiar les mentalitats socials, es polaritza entre la burgesia litoral, principalment barcelonina, l'oposició de la qual a la monarquia mai no arribaria a cremar les naus, i la noblesa pirinenca, irreductible i disposada a donar l'últim pas en els moments de crisi profunda —1638-1640, per exemple.

El règim municipal.— Durant els segles XVI i XVII continuen concedint-se privilegis a les ciutats i als municipis, la tendència general dels quals consisteix a redimir-se completament de les jurisdiccions particulars. Abunden els plets amb els senyors per reivindicar llibertats i protestar d'actes de força.

A les Corts de 1599 van dictar-se interessants disposicions referents al municipi barceloní. Fou reintegrada als consellers i al Consell de Cent la gestió total dels afers municipals, suprimint-se les comissions. Va fixar-se en deu anys el període de residència per a poder ésser candidat als oficis municipals (abans només es requeria un any i un dia). A més es donà intervenció a diversos gremis que abans no n'hi tenien per a l'elecció del cinquè conseller.

Considerats com a *Grandes de España,* la influència dels consellers de Barcelona a la Cort anà en contínua decadència. L'any 1690, Carles II els va confirmar el privilegi de poder cobrir-se en presència del monarca. Els consellers teniem el dret de passar sota maces per diverses ciutats, àdhuc a València, Saragossa i algunes de Castella. Entre els anys 1587 i 1602 Tortosa va oposar-s'hi i els consellers van decidir enviar un fort contingent barceloní. Els incidents entre els virreis i els consellers per qüestions de cerimonial eren gairebé continus.[23]

La Generalitat i el Consell de Cent barceloní eren els òrgans suprems de les institucions autònomes. La documentació de l'època insisteix que els grans afers de Catalunya estaven a càrrec, en realitat del Consell de Cent, ja que «Catalunya era Barcelona i aquesta no governava la Generalitat, sinó el Consell».[24] De totes maneres, hem de fer la mateixa reserva abans exposada en parlar de les oligarquies catalanes. El Consell barceloní, representant de l'oligarquia burgesa, tampoc no va cremar mai les naus en les seves relacions amb Madrid, i va distanciar-se de la

Generalitat quan aquesta, dominada per la noblesa pirinenca, va portar els esdeveniments fins a les últimes conseqüències en els anys immediats a 1640.[25] En canvi, sol ésser general la col·laboració entre ambdós organismes quan el poder està en mans dels burgesos. Així va demostrar-se els anys 1568-1570, llavors de les acusacions d'heretgia als catalans.[26]

En el trancurs de la primera meitat del segle XVII, la noblesa catalana va ésser admesa al govern dels municipis (Barcelona, l'any 1621). Elliott apunta, amb raó, que l'entrada de les classes nobiliàries en el govern de les ciutats i viles va contribuir decisivament a la decadència del bandolerisme aristocràtic.[27]

La monarquia i els organismes autònoms: els tributs.— Al compàs de les dificultats financeres dels Habsburgs, cada dia més grosses, la lluita entre la monarquia i les institucions catalanes va ésser condicionada, en gran part, per la qüestió tributària. Prescindint dels «serveis» que periòdicament votaven les Corts, els ingressos normals de la monarquia en el principat i comtats eren molt reduïts, insuficients, àdhuc, per al pagament de les despeses que ocasionava l'administració del país. El sou dels virreis havia d'ésser enviat des de València. La totalitat de les rendes reials a Catalunya importava, segons les recerques d'Elliott, unes 37.000 lliures anuals, amb la distribució següent:

Tresoreria	19.000
Mestre racional	4.000
Batllia General	7.000
Procuradoria dels comtats de Rosselló y Cerdanya	7.000
	37.000

En canvi, la ciutat de Barcelona disposava del doble: unes 80.000 lliures, i la Generalitat, de 184.000.[28] Encara que els «serveis» de les Corts, els donatius i els emprèstits aportessin considerables ajudes financeres a la monarquia, la comparació entre les rendes fixes i segures no necessita comentari per a fer ressaltar la lluita aferrissada que aquest problema va suscitar entre la Corona i les institucions del país.

Notes

1. Brocà, G., *Historia del Derecho de Cataluña.* Barcelona, 1918, pàgs. 405-406.
2. Brocà, G., *Historia,* pàgs. 405-406.
3. Exposem aquí una sintesi d'una conferència nostra sobre *Las instituciones públicas de Cataluña,* en un curset organitzat per el CSIC., Instituto Jerónimo de Zurita. Una sintesi molt breu del que es coneix figura en els articles corresponents del *Diccionario de Historia de España,* Madrid 1952, redactats per J. M. Font Rius.
4. *Summari, index, epitome dels... títols de honor de Cathalunya, Rosselló y Cerdanya...* Perpinyà 1628.
5. *Precedentes mediterráneos del virreinato colombino,* «Anuario de Estudios Americanos», V, Sevilla 1948.
6. Bosch, *Summari,* llibre II, pàg. 220.
7. DACB (Dietari de l'Antic Consell Barceloní), V. 186.
8. Carreras Candi, *Catalunya,* 1024.
9. *Summari,* llibre II, 220.
10. Article corresponent del *Diccionario de Historia de España.*
11. Carreras Candi, *Catalunya,* 1024.
12. Bosch, *Summari,* II, 286 i ss.
13. Bosch, *Summari,* II, 250 i ss.
14. Bosch, *Summari,* II, 252 i ss.
15. Bosch, *Summari,* II, 252 i ss.
16. Bosch, *Summari,* II, 284 i ss.
17. Bosch, *Summari,* II, 284 i ss.
18. Carreras Candi, *Catalunya,* 1025, i Bosch, *Summari,* II, 284 i ss.
19. Bosch, *Summari,* II, 277 i ss.
20. Riba, Carlos, *El Consejo Supremo de Aragón en tiempos de Felipe II.* Valencia 1914.
21. *The Catalan Revolution,* pàg. 8.
22. Valls-Soldevila, *Història de Catalunya,* Barcelona 1923, II, 136 i 186-187.
23. Carreras Candi, *Catalunya,* 1023 i ss.
24. Notícia facilitada per Elliott.
25. Elliott, *The Catalan Revolution,* pàg. 17.
26. Vegeu més endavant, en parlar dels virreis de Felip II (virregnat d'Hurtado de Mendoza).
27. Elliott, *The Catalan Revolution,* pàg. 11.
28. Elliott, *The Catalan Revolution,* pägs. 12-13.

La cultura i els costums

Panorama general de la cultura catalana durant els segles XVI i XVII.– Entre la florida de l'època gòtica i la reafirmació romàntica, la cultura i la literatura catalanes durant les esmentades centúries coneixen una etapa de decadència. No entra en el nostre propòsit de plantejar tota una problemàtica d'aquest fenomen complex, ans ens limitem a formular unes consideracions de caràcter general, amb l'objecte d'arrodonir la nostra visió de la Catalunya dels Habsburg.

Segons la síntesi de Ruiz i Calonja, les causes de la decadència de la literatura catalana són les següents: «abandó del català com a llengua literària per les classes cultes, conseqüència de canvis polítics, que feren cercar en els medis oficials i culturals de Castella més renom i prosperitat –el cas de Boscà, per exemple–, seguint una moda fàcil i profitosa i deixant el poble sense directrius; la coincidència d'aquests fets històrics amb un moment de debilitació de l'amor a la pròpia llengua i d'estilització excessiva, com a conseqüència d'un humanisme encara poc assimilat; el sistema polític centralitzador d'Àustries i Borbons, que reforcen i fan més persistent la decadència quan ja era un fet; la receptivitat de qualsevol influència exterior entrada per via pacífica, pròpia de la idiosincràsia catalana; i la minva de riquesa de la Corona d'Aragó, causa d'un sentiment d'inferioritat dels seus regnes».[1]

Per la seva part, el P. Ignasi Casanovas, donant per assentada la decadència de la llengua catalana en el segle XVI, va observar que els elements cultes del país van aferra-se al llatí; i, pel que fa referència al XVII, la decadència del classicisme, motivada per la influència del culteranisme i del conceptisme de Castella, féu que la cultura catalana fos nul·la i el seu ambient funest. El nivell més baix de la cultura catalana correspon, doncs, al segle XVII: «*En este siglo encontramos el vallfogonismo en literatura, la rutina en filosofía, las falsas crónicas en la Historia, el positivismo oficinesco del abogado en lo jurídico y nada más*».[2]

En parlar de les mentalitats socials en el capítol primer, hem inscrit un text del tortosí Cristòfol Despuig que corrobora la primera causa assenyalada per Ruiz i Calonja, és a dir, l'abandó del català per les classes cultes. També ens hem referit al fenomen oposat, que consisteix en una mena de mecenatge de les oligarquies burgeses envers el cultiu de la llengua vernacla. Val la pena de desenrotllar aquest punt, que ha posat de relleu, recentment, el conegut investigador Josep Romeu. Concretant les seves recerques al segle XVI, Romeu ha descobert i estudiat més de duescentes composicions sobre els gèneres tradicional i popular, que reflecteixen el sentit satíric i intranscendent d'una societat burgesa ben coneguda en els seus dies pel P. Pere Gil. Després d'una anàlisi profunda, Romeu opina que tants textos sobre dos gèneres concrets demostren que el segle XVI no és, des del punt de vista literari, una centúria erma i que, per tant, cal emprendre una revisió total del concepte de la «decadència». L'autor esmentat creu que, si bé és innegable la superioritat del Quatrecents —època d'Alfons el Magnànim—, el segle XVI català es caracteritza per una vitalitat extraordinària. Manquen grans figures, però abunden les obres, algunes de veritable mèrit artístic. Per això afirma el caràcter autòcton de la poesia catalana del segle XVI, en la qual ha de reduir-se, sensiblment, la influència de la literatura castellana.[3]

Els nous horitzons oberts per l'autor esmentat encaixen en el nostre esquema de la mentalitat burgesa de l'època, el tradicionalisme econòmic i polític de la qual havia de tenir, necessàriament, un complement lògic en el camp de la cultura, en particular pel que fa referència al conreu de la llengua vernacla. Les ambicions culturals burgeses, però, no tenen volada i es limiten a un additament complementari de la comoditat de l'existència privada. Dels «regalats de Barcelona» del segle XVI, segons els anomena el P. Pere Gil, a la manca de grans preocupacions del baró de Maldà dues centúries després, el sentit satíric i intranscendent, propi d'unes èpoques de recolliment migrat i satisfet, dóna els seus fruits normals.

La documentació de l'època constata la decadència. Després d'haver examinat per centenars els registres de la cancelleria dels virreis, i deixant de banda les Universitats, que després estudiem, les referències a qüestions de tipus cultural són poques. El negoci editorial, en canvi, era florent, segons demostren Giralt i Nadal.[4] Per a escatir aquesta contradicció –almenys aparent– ens manquen dades. És veritat que la producció editorial no està sempre en raó directa amb la qualitat. D'altra banda, les activitats dels editors barcelonins desbordarien, segurament, el camp estricte de la cultura catalana.

L'any 1570, per exemple, el tresorer reial, Pere Bernat Codina, fa un pagament de 2 lliures al llibreter Miquel Ortis (sic) per les obres següents: «Mieres, Marquillas, Socarrats, Constitucions noves i velles, Usatges, Callís y Solsona, ligats i enquadernats».[5] L'any 1638, després de pensar-ho molt, la cancelleria autoritza l'editor barceloní Llorens Deu a publicar la *Historia general de la isla y regne de Cerdenya,* escrita per «Francisco Vico, regent de la cancelleria en lo Real Suprem Concell d'Aragó».[6]

Referint-se a la situació de la Universitat, el bisbe de Lleida escriu a Felip III l'any 1603: «*Mándame V. M. que me informe del estado de esta Universidad y si en ella, assí los cathedráticos como los estudiantes en el exercicio de las Letras proceden bien y si ay algo que tenga necesidad de reparo y reformación. Digo a V. M. que está la Universidad trocada y differente de lo que solía ser en tiempos passados en lo que toca al exercicio de las Letras, que si V. M. no lo manda remediar an de sarlir de aquí adelante pocos subjetos con las partes que son menester para servir a V. M. en goviernos y aun para dignidades eclesiásticas y officios...*»[7]

La decadència a què ens referim es posa de relleu, també, en la manca de titulats, de graduats universitaris. ¿Fins a quin punt fou aquest fenomen un reflex dels pocs càrrecs a disposició dels catalans, de què hem parlat en el capítol primer? Sembla confirmar-ho la petició, formulada pels síndics de Lleida, que els titulats de la seva Universitat siguin nomenats, quan hi hagi vacants, membres del Reial Consell de Catalunya.[8] D'altra banda, una societat en plena exacerbació passional, com ho era la catalana dels segles XVI i XVII, era molt més amiga de manejar les espases que els llibres. Insistim sobre aquest punt en parlar de les Universitats.

Tornant a la manca de titulars, l'any 1628 les autoritats van recordar que, per privilegis reials, «les persones que exerciten les arts de Medicina, Chirurgia y Apotecaria que no són examinades ni tenen licència han d'abstenir-se de practicar-les».[9] La necessitat, però, obligà després a transigir: l'any 1677, la manca de cirurgians al Pla d'Osona obligà a habilitar per a l'exercici del càrrec «tres o quatre fadrins pràctichs en la art de sirurgia».[10]

Els estudiants catalans freqüentaven els centres universitaris de Castella i França, àdhuc, pel que fa referència a la darrera, després de la prohibició de Felip II que els seus súbdits anessin a estudiar en els centres universitaris estrangers (1559-1568). Abunden, per exemple, les referències que demostren que eren molts els catalans que anaven a estudiar Teologia a Alcalà d'Henares. L'any 1583, un català, Jaume Pericàs, sol·licita de Felip II una *«ayuda de costa»* perquè un fill seu pugui continuar els estudis i sigui admès en el Col·legi d'Alcalà. Entre els serveis prestats a la corona, Pericàs esmenta el fet d'haver lliurat al rei, a Lisboa, un memorial sobre el govern de Portugal. Una nota autògrafa del rei, al marge de la «consulta» del Consell d'Aragó, diu simplement: *«que pruebe lo que dice»*.[12]

Coneixem un cas particular que ens proporciona dades importants sobre l'itinerari que segurament fou el de molts estudiants catalans de l'època. L'any 1616, l'advocat barceloní Jeroni Tamboni sol·licita el càrrec d'advocat de pobres de la ciutat comtal. La petició va acompanyada d'un «full de serveis» i un historial minuciós, que, en síntesi, diuen el següent: l'interessat va estudiar lletres humanes i arts a Barcelona, després obtingué el grau de batxiller a Salamanca, tornà a Barcelona. *«y de aquí, por evitar los gastos de las Universidades de España, passó a Tolosa de Francia, donde tomó el grado de Doctor»*.[13]

Les Universitats.— Un segle abans que Felip V portés a terme la refosa universitària del principat de Catalunya a Cervera, amb el decret de Nova Planta de 1716, ja hi havia un corrent favorable a suprimir tots els centres universitaris del país (àdhuc el de Barcelona), a excepció del de Lleida. En efecte, l'any 1600, el virrei de Catalunya, duc de Feria, escriu a Felip III: *«Por parte de los administradores del Estudio de la ciudad de Tarragona se me ha presentado una carta de V. M. dada a 2 de septiembre, en que me manda le avise, con parecer del canciller, regente y doctores desta su Real Audiencia, de lo que convendrá hacerse acerca de la pretensión de los administradores y estudios de aquella ciudad para poder dar grados en Leyes, Cánones y Medicina, como se haze en las Universidades de Barcelona, Lérida y Perpiñán. Todos conformes sienten que esto sería una cosa muy perjudicial y no serviría de más que de autorizar con títulos honrosos a estudiantes ygnorantes, como se haze en Barcelona y Perpiñán y lo procuran los de Girona, y que no solamente se deve negar esta facultad, pero aún convendría, si fuese posible, que se acabasen todas las Universidades, excepto la de Lérida, y porque en lo que toca a estudios escriviré a V. M. más largo, lo dexaré para en-*

tonces, bastando lo que he dicho para lo que V. M. me manda de presente».[14] Amb termes potser excessivament durs, el virrei exposa la seva opinió i, segons afirma, el pensament unànime dels doctors de l'Audiència, sobre l'estat de les Universitats catalanes en començar el segle XVII, així com també la conveniència de suprimir-les totes, excepte la de Lleida. És veritat que es tracta de l'opinió d'una dotzena de persones. No deixa d'ésser, però, un element de judici, que, en línies generals, ratifiquen altres dades.

Qualificada moltes vegades de «seminari de aquesta corona d'Aragó»,[15] la Universitat de Lleida va entrar en un procés de decadència des de mitjan segle XVI. No ens proposem de fer-ne un estudi analític, sinó, solament, formular unes consideracions —a la llum dels documents— per a arrodonir la nostra visió de síntesi de la cultura catalana durant els Àustries. Els principals problemes plantejats sembla que eren els següents: la benevolència excessiva en els exàmens, l'exacerbació passional del estudiants i els conflictes motivats per la provisió de les càtedres.

Hem reproduït abans un fragment de l'informe enviat al rei Felip III pel bisbe de Lleida l'any 1603. Val la pena de reproduir-ne la resta: « *En ella* —la Universitat de Lleida— *no se leen por cada catedrático cien lecciones en un año y éssas no llegarán a media hora cada una, impidiéndolo los estudiantes. Estúdiase el primer curso de San Lucas a Navidad medianamente; el segundo, hasta Pascua de Resurrección, poco; el tercero, nada, porque todo es tratar de la elección de Rector y disponerse para irse cada uno a su tierra, como lo hacen, salvo los valencianos... Quando vienen a provar sus cursos los estudiantes, todos son abilitados, aian oído o no lo necessario, porque unos testifican por otros y ellos se avienen, pues, en dar el grado que antiguamente solía ser de tanta authoridad, el de Doctor. En esta Universidad, en Derechos, andan tan floxos que no ay hombre por poco que aia estudiado que no se atreva a graduarse, y assí ha perdido el grado de Doctor de su honor y authoridad. En dar las cátedras de doctores y bachilleres por competencia ay tan grandes abusos y aun ofensas a Nuestro Señor que sería de muy grande servicio suyo que esto se remediase...»* [16]

Un redreç dictat per Felip II, referent a la provisió de càtedres, fou el pretext de greus incidents a partir de l'any 1575. Els alumnes, «per exhimirse de la subiugació de dita reformació, se són exits de la matrícula y van ab los hàbits d'estudiants que abans solien portar, desatentent los altres estudiants de sos estudis y bons exercicis».[17] Uns anys després —1578— es registren greus incidents entre els estudiants i la població, amb agressions i pedrenyalades,[18] mentres el problema de la provisió de les càtedres continua apassionant tothom.[19] Poc temps després –1584–, el virrei comte de Miranda, diu que a causa de «l'esterilitat del temps», molts estudiants de Teologia de Lleida es veuen obligats a instal·lar-se en cases de cavallers i gent adinerada, on donen lliçons a canvi de la manutenció. Si porten espases, aquesta circumstància no els ha d'impedir de votar en les oposicions a les càtedres de Teologia, ja que, si no votaven els laics, solament ho decidirien els eclesiàstics, fet que motivaria «grans avalots».[20]

Segons el virrei, duc de Feria, l'any 1600 els estudiants de Lleida, «oblidats de la obligació que tenen, estan tan distrets de sos estudis que van de nit y dia armats de pedrenyals y altres armes prohibides»,[21] mentres lamenta «el mal ordre se té en llegirse les llissons en aquex Studi y Universitat».[22] Dos anys després, la «carestia del temps» fa que s'augmentin els emoluments dels catedràtics amb una pensió anual de 300 ducats sobre els fruits del bisbat de Lleida.[23]

La situació va agreujar-se amb el transcurs del temps. L'any 1617 el virrei de Catalunya, duc d'Alburquerque, escriu al Dr. Matias Sabata, vice-rector de la Universitat: «Havent arribat les coses d'aqueixa Universitat de Lleida a tan mal estat que ya no es proveeixen les càthedres y demés officis d'ella sinó ab dàdives, soborns y altres medis il·licits e repugnants als statuts, y que los estudiants d'ella viuen ab tanta llibertat que no deixen de cometre mil excessos sens respecte ningú a la justícia, causant escàndols molt grans...»[24]

En vista d'això, el virrei decideix enviar-hi alel Dr. Montserrat Ramon, «així per a què ab les veres y cuydado possibles procure assentar y posar en degut ordre les coses de aqueixa Universitat, així en lo tocant al votar en ocasió de les opposicions de Càthedres quant en què los estudinats d'ella estiguen reprimits y viscan ab la decència y disciplina escolàstica que és obligatòria.»[25]

Pocs devien ésser els profits de la gestió del Dr. Montserrat Ramon. L'any 1638 –i amb aquesta dada posem fi a l'examen de la Universitat de Lleida– Felip IV anomena visitador d'aquesta Universitat el bisbe de la Seu d'Urgell, amb plens poders de «fer tot lo que sia convenient per el reparo dels danys y menoscabos que de anys a esta part ha rebuda, perdent lo llustre y auctoritat que los passats ab tanta opinió han conservat.»[26]

No tenim dades de primera mà referents a la Universitat de Barcelona. Menéndez y Pelayo va fer-ne l'elogi entusiasta pel que fa referència al segle XVI, tot i reconeixent que «*no arrebató a*

Lérida el monopolio de los estudios jurídicos, que tenía desde el tiempo de Jaime II, ni a Valencia, verdadera Atenas de la Corona de Aragón, la palma que siempre tuvo en Humanidades, en Filosofía y en Medicina».[27] Més avar i probablement més exacte va mostrar-se el Dr. La Torre, en examinar la provisió de càtedres a la segona meitat del segle XVI.[28] No hi manquen gran figures —l'hel·lenista Cosme Damià Hortola, abat de Vilabertran i rector del centre— Joan Vilalta, Joan Cassador, Francesc Calça, Pere Sunyer, Francesc Escobar, Lluís Blanc, Joan Costa, Joan Cristòfor Estrella, Antoni Ros i altres que recordaria el professor de Cervera i biògraf d'En Finestres, el P. Llucià Gallissà—, però no disposem de treballs monogràfics que ens permetin una visió de conjunt, serena i objectiva, de la vida universitària barcelonina durant els Àustries. Les dades que hem apuntat referents a Lleida, la superioritat de la qual en els estudis jurídics proclama Menéndez y Pelayo, fan que siguem menys optimistes. Ferran Soldevila admet la decadència espiritual durant el segle XVII.[29]

El mateix Soldevila ha sintetitzat les incidències de la fundació de la Universitat de Barcelona, decretada a petició dels consellers de la ciutat per privilegi d'Alfons el Magnànim i butlla de Nicolau V (1450). L'edifici, però, no va començar a construir-se fins l'any 1536, en uns terrenys al capdamunt de la Rambla, al costat del portal de Sant Sever. «Els consellers confiaven en la munificència dels barcelonins, i llur confiança no fou defraudada. L'honorable mossèn Joan Claret, mercader, va encapçalar les aportacions amb cinc-centes lliures al comptat i una renda de cent lliures anuals. El dia 18 d'octubre tingué lloc, amb gran pompa, la cerimònia de col·locació de la primera pedra —pel bisbe Joan Miralles. El dia 24, a la sala del Consell de Cent eren inaugurades les lliçons de Gramàtica i Poètica. Altres en seguiren, de relatives a aquelles o a altres matèries, en aquella sala o en altres locals; fins que l'any 1539 degué restar enllestit, en part almenys, l'edifici de l'Estudi general barceloní. I el 18 d'octubre, terç aniversari del començament de les obres, hi fou inaugurat el primer curs».[30]

Després d'un període vacil·lant, l'Estudi barceloní va rebre un nou impuls mercès especialment a les ordinacions del 1559. «En virtut d'aquestes ordinacions es convertia en "Estudi general de totes les Facultats", això és, Gramàtica, Retòrica, Arts i Filosofia, Teologia, Medicina i Dret Civil i Canònic. Aleshores hi fou incorporat l'Estudi de Medicina, i les discrepàncies i els conflictes que van sorgir per oposició dels metges van restar definitivament resolts pel conveni del 1565 entre la «Universitat de Medicina» i la «Universitat de l'Estudi General», fosos des d'aquella hora, regits per l'autoritat del conseller i del rector de l'Estudi General, copartícips dels privilegis de què l'un i l'altre centre gaudien. I, per damunt de l'Estudi, la ciutat, «senyora» de l'Estudi, i els consellers, «los magnífics consellers en nom d'aquella, senyors, protectors e regidors de tota la Universitat del dit Studi general». Encara el 1587 l'Estudi barceloní podia haver rebut un nou augment mercès a la concòrdia feta entre el bisbe Guillem Cassador i la ciutat a propòsit del Seminari que, d'acord amb el decret del Concili de Trent, anava a ésser fundat. El Seminari havia de formar part de l'Estudi. Però la concòrdia no fou acomplerta i l'any 1598 (13 de setembre) el Seminari o «Col·legi dels Studiants del Bisbe» va començar a funcionar al monestir de Montalegre».[31]

Durant els primers anys, la Universitat de Barcelona va tenir un veïnatge poc adient. L'any 1569 –sessió del 21 de gener– els consellers, «per lo bé y utilitat del Studi general de la present ciutat, ordenen el trasl·lat de la casa de dones errades que estava en la Rambla».[82]

Un altre centre cultural barceloní important fou el col·legi dels jesuïtes, anomenat de Cordelles, la primera pedra del qual va posar l'emperador Carles V el primer d'abril del 1538. Aquest centre fou fundat l'any 1533, amb privilegi imperial, per don Joan de Cordelles.[33]

Els costums: festivitats religioses i profanes.– El recolliment migrat i satisfet que presideix el desenrotllament de la vida de l'oligarquia burgesa del litoral català, particularment de Barcelona, contrasta, durant l'època que estudiem, amb l'extraordinari dinamisme de les comarques muntanyenques de l'interior.[34] En plena expansió demogràfica, la muntanya catalana constitueix el lloc on es desenrotlla amb més força l'exacerbació passional, tan característica de la Catalunya barroca. La quietud de la burgesia, de la qual ja hem examinat el tradicionalisme polític, econòmic i cultural, fou inundada per la riuada poderosa dels qui no aconseguien de trobar un lloc adequat dins el mecanisme social. Aquests elements que podríem anomenar flotants, a manca d'un enquadrament vital capaç de satisfer llurs necessitats, donen un clímax de forta tensió passional a la societat dels segles XVI i XVII. Com és natural, el seu nombre augmenta amb la prostració econòmica del Siscents. Procurarem d'examinar alguns aspectes d'aquest fenomen.

Com a introducció al tema exposarem el pensament del govern de Felip IV i del comte-duc d'Olivares un any després de tenir a les seves mans els ressorts del poder. L'any 1622, el rei envia als bisbes del principat i comtats un interessantíssim memorial referent a l'epidèmia de bruixeria, llavors molt estesa, com veurem. Val la pena de reproduir-lo: «*En ese principado de Catalunya y sus condados, por ser la justicia tan desvalida y sin poder, junto con la libertad que por sus leyes gozan los que habitan en ellos y ser tan montuosa la tierra y la vezindad de Francia, de donde entran muchos a residir y servir, es ocasión que aia mayor frecuencia de delitos que en otras partes, los quales tienen su creciente y menguante, de suerte que faltando la correntía de uno, se descubre ya lo otro. Como se vio pocos anyos ha de quan acabada estaba esta tierra de cersanadores de moneda, que por hallar otro medio fue forsado meterla a peso, y se acabó de asentar este danyo quando empessó a bullir la tierra de ladrones y plagiarios, de suerte que no se podía andar ni en lugares grandes ni ciudades estaban seguros los hombres ricos*». Segueix dient el memorial que quan l'acció enèrgica dels virreis va aconseguir posar mà als bandolers es va estendre pel país una veritable epidèmia de bruixes, «*que no han dado poco cuidado, porque como el delito que se les cargava era de que con granisso y piedra que hazían caer talaban los campos y mieses, y con niebla hazían perder los frutos y otros muchos males de infantisidios y muertes de ganados, todos se han mostrado instancias contra ellas por el danyo universal que recibían, de manera que no hay villa ni lugar que no haya hecho diligencia de investigar si las había en su término.*»[35]

Ja värem dir, en parlar de la societat, que el bandolerisme, sempre actiu, és, fins a cert punt, la vàlvula de sortida de l'exacerbació passional. En augmentar la feblesa econòmica del país, acabem de veure que les autoritats distingeixen tres manifestacions successives del malestar social a Catalunya, traduïdes, respectivament, en la disminució del pes de la moneda, el bandolerisme i les supersticions. Aquests fenòmens, en general, eran ben estranys a la mentalitat de la burgesia, magistralment descrita pel P. Pere Gil. El recolliment migrat i satisfet de les classes burgeses ofereix un contrast ben remarcable amb la insatisfacció i el desbordament del món de la muntanya.

Profundament religiosa, la societat catalana dels segles XVI i XVII vesteix les seves millors gales amb motiu de les festivitats, des de les patronals dels gremis respectius a les grans solemnitats com el Corpus i el Nadal. Les festes que podríem anomenar extraordinàries es celebraven amb brillantesa. Pel desembre del 1618, per exemple, la cancelleria del virrei recull les festes celebrades a Barcelona, a la plaça de Santa Anna, «en honra y demostració de regosijo del jurament de la Puríssima Concepció de Nostra Senyora».[36] Ens interessa de constatar especialment, però, que les festes religioses, amb les naturals concentracions de gent, no solien estar al marge dels conflictes que aixö provocava. Insistim sobre aquest punt per demostrar que el clímax passional ho envaïa tot.

El darrer diumenge d'agost se celebrava cada any la festa de Sant Ramon Nonat a la vegueria de Cervera. El 21 d'agost de 1624, el virrei decideix d'enviar en aquella vila un agutzil reial, En Gabriel Galí, tenint en compte que «acostumen acudir de diverses parts gran multitut de gent per la molta devoció que tenen al dit Sant, y perquè ab esta ocasió seria fàcil seguir-se alguns avalots y danys, majorment que segons la experiència ha mostrat no falta mai qui procure inquietuts...»[37] Ens sembla prou simptomàtica la prohibició dictada pel virrei i bisbe de Solsona, Miguel de los Santos de San Pedro, l,any 1638, que a Girona es fessin «alimàries i festes públiques per a solempnitzar la nova gràcia que Sa Santetat ha concedit a honra del gloriós Sant Narcís». Entre els motius addueix el «estar molt vives les passions entre les persones poderoses de dita ciutat».[38]

Si això passa en les festes religioses, ¿què no passaria en les profanes? Cal tenir en compte que la presència d'una imatge qualsevol, i molt més la del Santíssim, deturava als més exaltats en els moments culminants del deliri. Pel Corpus del 1640, un grup de segadors anava a cremar el palau del virrei, comte de Santa Coloma, i uns frares de Sant Francesc, per impedir-ho, van posar el Santíssim davant de la porta de l'edifici. Així ho feren tres vegades, i els amotinats, treta la barretina i de genolls, el retiraren.[39] Hem d'advertir, però, que la societat catalana no era millor ni pitjor que la de la resta d'Espanya. S'ha idealitzat massa la puresa religiosa dels temps barrocs. A tot arreu, els homes eren, a la vegada, creients i durs de cor, religiosos i pecadors. El nivell moral va ressentir-se d'aquest darrer aspecte, que facilitava la manifestació de tota mena de passions. Evidentment hi hagué una minoria la conducta de la qual reflectia la puresa de la seva ànima, però la majoria, del rei fins al darrer vassall, no vacil·laven en el sacrifici de les normes religioses i morals a llurs capricis o a llurs conveniències personals. Repetim que el fenòmen és general.[40]

També els catalans es divertien en tota mena de festes profanes, des de la visita de grans personatges a les curses de braus, passant per les commemoracions patriòtiques. El 9 de juliol del 1565, Barcelona va rebre amb gran festes la visita de Joan d'Àustria, fill natural de Carles V i futur vencedor dels turcs a Lepant, «jove de divuyt anys i de bona disposició».[41] El 8 de gener del 1572, poc després d'ésser coneguda la notícia, van ferse a la mateixa ciutat «grans alimàries per la felicíssima victòria que nos ha dada Nostre Senyor Déu contra lo turch, enemich de la Sancta Fe Cathòlica»,[42] és a dir, amb motiu de la batalla de Lepant, mostra darrera de l'activa participació catalana en les empreses marítimes de la monarquia hispànica.

A partir del darrer quart del segle XVI abunden molt les prohibicions de celebrar amb «ballades» les festes majors, pel fet que ben sovint desemboquen en batalles compals. També se sol invocar, a vegades, la «esterilitat del temps» —paral·lela a l'esgotament de la conjuntura econòmica en alça a finals del regnat de Felipe II— amb frases que fan escruixir, com aquesta: «No és just que los richs riguen quan los pobres ploren».

El 5 d'abril del 1586, el virrei, comte de Miranda, escriu al batlle de Vilamajor: «Lo desig que tenim de que la terra estiga pacífica y quieta, y obviar algunes inquietuts y dissenssions que la nova elecció de síndichs que últimament se són fets en aqueixa parròquia de Vilamajor poria causar, specialment en aquesta temporada que segons som informats hi concorren algunes passions y la gent ne estaria algun tant sentida, la qual ab aplechs y bullícies molt fàcilment se poria commoure y de aquí poria seguir-se algun dany y escàndol, mos fa ésser solícits en prevenir aquells. Perçò i perquè hont y ha aplechs y gent coadunada ab poca occasió se solen moure avalots, vos diem, encarregam y manam que lo dia de Pasque ni festes primervinents no doneu lloch en ninguna manera que y haja ballades en aquexa parròquia de Vilamajor ni dins l'àmbit de vostra jurisdicció, ni permetau que es fassen applechs de gent ni que s'hi portin pedrenyals de ninguna manera ni altres armes desonestes, que per convenir així a la quietut pública y bé comú, és tal nostra determinada voluntat».[43]

Pels mateixos motius, els virreis prohibeixen, l'any 1617, «un cós de cavalls o rossins, com antigament se acostumave», a Valls;[44] l'any 1625, les «ballades» per la festa de Sant Mateu a Premià, Teià i Alella;[45] i l'any 1628, les «ballades de nits» a Girona, ja que, «estant la terra tan necessitada d'aigua, sia molt just desviar les offenses que en dites ballades se acostumen fer a Nostre Senyor Déu...»[46]

A Barcelona, en canvi, es celebrava el carnaval amb gran bullícia. L'any 1598, per exemple, el virrei, duc de Feria, diu que «son menester doscents cinquanta quintars de tea per a cremar en les graelles en los vespres de Carnestoltes en lo carrer Ampla».[47] En el Born, se solien celebrar curses de braus per a commemorar esdeveniments feliços de la família reial, com és ara casament de prínceps i naixements d'infants.[48]

La gent es diverteix com pot. Una curiosa autorització signada l'any 1593 pel virrei, duc de Maqueda, diu: «Ab la present donam llicència plena i líbera facultat a vós, Francescho de Amassia, natural de Logronyo –devia ésser un italià i segurament hauria de dir "veí" y no pas "natural"– qui sens incorriment de pena alguna pugau y us sia lícit y permès anar per qualssevol ciutats, viles y llochs del principat de Catalunya i comtats de Rosselló y Cerdanya, y en aquells o als que us apparrà volteiar y volar, rebent y exhigint los salaris justs y segons acostumen de rebre».[49]

***Músics catalans a la cort de Felip IV.*–** Per les festes, tant religioses com profanes, solia ésser indispensable l'acompanyament musical. Amb la prohibició de les «ballades», els músics es quedaven sense feina, cosa que donava lloc al plantejament de molts conflictes. L'any 1637, el virrei del principat, duc de Cardona, va escoltar una petició de Joan Ferrer, en representació dels músics de Girona, i amb aquest motiu va ordenar al veguer de la ciutat que autoritzés els balls, «procurant se eviten escàndols i danys que és la causa principal que nos ha obligat a fer prohibició». En Joan Ferrer va fer present al virrei «lo preiudici que los músics reben en voler-los prohibir lo sonar en los balls que es fan en les viles y lochs de la vegueria y batllia», a pesar de que els oficials els hi deien que, mitjançant el pagament d'unes quantitats, els deixarien tocar,[50] és a dir, cobraven per concedir l'autorització i, amb els diners a la butxaca, llavors la denegaven.

Sense tenir, en general, un cèntim de les rendes patrimonials del principat, Felip IV ordenava el trasllat a Madrid de músics catalans, per amenitzar les festes del Buen Retiro. En començar l'any 1637, per exemple, el rei ordena que «promptament se l'envie una cobla de músichs de xaramies per a què arriben ab temps a Madrid per les festes que ha manat se fassen en lo Bon Retiro per les Carnestoltes pròximes». Amb aquest motiu, el virrei, duc de Cardona, es veu obligat a contractar «los més destres y pràctichs que se han trobat en esta ciutat» (Barcelona). Tenint en compte que «pel gasto del comú, vestir y posarse a punt» es necessiten 250 lliures i a la tresoreria no hi ha un sou, el regent de la Tresoreria, Ramon de Caldes, bestreu els diners «de sa pròpia asienda».[51]

A vegades, els músics barcelonins eren insuficients per a les festes que ordenaven de celebrar els mateixos virreis, i en aquest cas era necessari «d'anar a sercar-los per tota la terra». Així va fer-ho, l'any 1655, En Joan d'Austria, per les festes de Carnaval.[52]

La moralitat i els jocs.– Ja hem dit abans que a la Catalunya dels segles XVI i XVII, com arreu d'Espanya, i, naturalment, d'Europa, la moralitat social deixa molt a desitjar. Ben sovint es cometen accions que avui difícilment podem concebre. No cal dir que, quan les ofenses es fàn entre gent de les classes aristocràtiques, la conseqüència sol ésser el bandolerisme més desaforat entre les famílies rivals. A les darreries del segle XVI, per exemple, les dissensions entre els d'Oms i els Sentmenat van provocar greus conflictes en el comtat del Rosselló. La causa va consistir en la violència comesa per Berenguer d'Oms en la persona d'una neboda seva, filla de la seva germana Ana d'Oms i Sentmenat, l'any 1585. Com si no tingués altres malsdecap, el mateix Felip II va haver d'intervenir-hi. Vegeu el que escriu la mare ofesa, l'any 1522, al rei: «*Don Galcerán de Sanmanate, mi hijo, escribe a V. M. en Colibre y yo estoy aquí en Barcelona por negocios de don Galcerán y míos, y don Berenguel d'Oms, aviéndome echo la traición que V. M. sabe, siempre me persigue. Ará quatro días estava en casa de un deudo de mi marido, enfermo de noventa anyos, y allá me vino a buscar don Berenguel para renyir conmigo, y me salía del aposiento por no tener palabras con él y no e querido que ninguno de los deudos tengo aquí lo ayan entendido, ni avisar a mi hijo por no inquietar esta tierra. No tengo dar queixa sino a Dios y a V. M. como mi rey y senyor. Suplico a V. M. se apiade de una pobre viuda como yo tan perseguida de un hijo de mi padre y se acuerde V. M. de los servicios de don Antón d'Oms, mi hermano*».[53]

Els virreis i les autoritats s'entesten, sempre vanament, a corregir les immoralitats i acabar amb el vici del joc, molt estès segons els documents. En 1565, el virrei, Hurtado de Mendoza, comunica a totes les jerarquies eclesiàstiques del principat i comtats que ha ordenat a tots els veguers «que ab suma diligència procehíscan e inquiríscan contra los jugadores, concubinaris, usurers y altres cometens semblants crims y pecats públichs en llur vegaries».[54] En 1569, un ciutadà de Barcelona, Joan Vinyes, és punit «per haver jugat en sa casa i haver donat lloc a què altres jugassen»,[55] mentres, a Tàrrega, consta que «se te joch y taffureria ab algunes cases i estan molts amançebats públicament».[56] A Vilafranca del Penedès, «residexen alguns tan públichs concubinaris que scandalitzan no sols los habitants, però los circunvehins en son mal viure, sens temor de Nostre Senyor Déu ni de la justícia temporal».[57]

Segons el virrei, prior de Castella (1577), arreu del país abunden les «cases de joch, daus y pública tafureria ab ciència y tolerància dels oficials». Això fa que la gent «disipen llurs béns y patrimonis, y es diverteixen d'altres exercicis virtuosos».[58]

Dos anys després, el mateix virrei, en vista de «lo abús, danys y inconvenyents de molta consideració e importància que han succehit del joch de daus», ordena que aquest sigui del tot prohibit.[59] A vegades, la ceguera passional no respecta ni els llocs sagrats. L'any 1583, a l'església parroquial de Marians –vegueria de Conflent– «se feu violència a una dona casada y prenyada, de la qual violència malparí la dita dona en la mateixa yglésia».[60] Poc després, les autoritats persegueixen, per ordre del virrei, comte de Miranda, Antonia de Rojas, «de nació castellana, per son mal viure».[61] Consta que, a Tortosa, es feia «gran abús del joch de gresca, prohibit per les Constitucions de Catalunya».[62]

Els exemples es podrien multiplicar. Només direm que, l'any 1586, el virrei comte de Miranda, «per a que dit mal no se apodere molt de la república», demanava una acció enèrgica per expurgar les ciutats i viles de «pecats públics».[63] Com a fenomen social, ens interessa de constatar que l'amor al joc contribuïa a augmentar el bandolerisme. Segons les autoritats, a Sabadell (1592) es feia «gran abús de jugar a jochs y en dies prohibits y ultra que dits jochs són cosa de si prohibida, per lo que en ells se jura y blasfema y se cometen molts enganys y fraus, y de què se segueix que molts aprés de haver destruït sos patrimonis ab semblants y altres vicis se atreveixen a robar y salteiar los camins y cometen altres maleficis».[64]

La bruixeria.– Com arreu d'Espanya –i d'Europa– el Barroc, època del mite i de les creences irracionals, va caracteritzar-se a Catalunya per les supersticions. Ens limitem a exposar unes dades de primera mà sobre la bruixeria a la primera meitat del segle XVII.

L'any 1620, Felip III escriu al virrei del principat, duc d'Alcalà: «*Tengo entendido que ay gran cantidad de bruxas en ese principado y particularmente en los condados de Rossellón y Cerdaña, y aviéndose considerado en la forma que se podría remediar tan gran daño se ha ofrescido un medio, que es conceder perdón general a los que huviesen incurrido en este pecado, por ser tantos, para castigar a los que reincidiesen después con mayor rigor*».[65]

El perdó esmentat no va resoldre el problema –pensem que a les darreries del segle les supersticions van jugar un paper importantíssim a la cort de Carles II– i llavors el govern va decidir enviar un memorial als bisbes de Catalunya, perquè presentessin un informe detallat sobre la qüestió. Vegeu el que contesta, en extracte, el bisbe de Solsona: «*Por mi obispado pasó un hombre que se llamava Tarragó y sucedió en una villa cuya jurisdicción es de V. M., que yva señalando mujeres que eran brujas, y desnudándolas para ver una señal en las espaldas, y algunas me hizieron relación las hazía desnudar por su gusto y por el de los que le acompañavan. Luego que llegó a mi noticia estando en mi catedral, la qual está entre las montaas, hize diligencia para tomarlo preso y embiarlo a V. M... Esta materia de brujas es dificultosísima y quantos autores escriben dellas lo dizen desta manera, particularmente un inquisidor, que haziendo experiencia en una mujer que ella misma había confesado ser bruja, halló ser gran parte dello falso, y que todo son embustes y embelecos del demonio para llevar almas al infierno y busca para esto los sujetos más débiles y flacos, que son las mujeres, y ordinariamente viejas, y todos los jueces seculares, queriéndolo llevar jurídicamente, se engañan en muchas ocasiones, porque por miedo de los tormentos confiesen y muchas mueren sin culpa...»*[66]

Consta que durant els anys 1626 i 1627 va haver-hi molts processos de bruixes pel principat i comtats.[67] Les autoritats van atribuir-ho, en part, al proselitisme fet pel bruixot francès Llorenç Calmell.[68] En la persecució de les bruixes, segons el pensament del govern central, «*ha llegado el exceso a tal extremo que no ha faltado letrado que se ha concertado con algunos jurados de las villas, que, dándole quince o veinte escudos, se encargaban de todo el proceso y gasto, y, si llegaba la prueba que la ahorcare, le daban lo convenido... y como la tierra de suyo está tan cargada de parcialidades y malicias, con esto se ha aumentado más, porque han procurado unos con otros maliciosamente exaquearse y imfamarse deste delito*».[69]

General a tot Europa –encara avui perdura en la toponímia de molts països; per exemple, un petit pla de les muntanyes del Harz (Hannòver) és conegut amb el nom de *Hexentanzplatz* (plaça del ball de les bruixes)– la bruixeria va contribuir a agreujar l'exacerbació passional a Catalunya. El repugnant aprofitament de l'histerisme de bona o de mala fe d'unes pobres dones –se'n varen penjar més de quatre-centes– té un dramatisme comparable als turments morals que va sofrir el darrer Habsburg d'Espanya, Carles II, sotmès, per arrencar-li la designació de successor, al martiri de la «*hechicería política*», en frase del duc de Maura.[70]

Notes

1. Ruíz Calonja, Joan, *Història de la literatura catalana.* Barcelona 1954, pàgines 343-344. Vegeu també les lluminoses planes del mestre Jordi Rubio, *Historia general de las literaturas hispánicas,* Barcelona 1953, III, 886 i ss.
2. Casanovas, Ignasi, S. I., *La cultura catalana del siglo XVIII.* Barcelona 1953, pàg. 13 i ss.
3. Romeu Figueres, Josep, *Poesia tradicional i cobles profanes del segle XVI.* Premi «Milà i Fontanals» de l'Institut d'Estudis Catalans». Agraïma l'autor que ens hagi permès la consulta del text, inèdit.
4. *Los seguros marítimos y el comercio de Barcelona.*
5. ACA. Reg. 4732, fol. 233.
6. ACA. Reg. 5526, fol. 261.
7. ACA. CA. 345.
8. ACA. CA. 356.
9. ACA. Reg. 5518, fol. 35.
10. ACA. Reg. 5525, fol. 98.
11. ACA. CA. 261.
12. ACA. CA. 261.
13. ACA. CA. 358.
14. ACA. CA. 345.
15. Per exemple, Reg. 5196, fol. 238.
16. ACA. CA. 345.
17. ACA. Reg. 4740, fol. 132.
18. ACA. Reg. 4745, fol. 8.
19. ACA. Reg. 4743, fol. 107.
20. ACA. Reg. 4751, fol. 255.
21. ACA. Reg. 5196, fol. 112.
22. ACA. Reg. 5196, fol. 208.
23. ACA. CA. 345.
24. ACA. Reg. 5215, fol. 266.
25. ACA. Reg. 5215, fol. 264.
26. ACA. Reg. 5527, fol. 58.
27. El reprodueix Soldevila, *Barcelona sense Universitat,* Barcelona 1938, XIII-XIV.
28. *Provisión de cátedras en la Universidad de Barcelona de 1559-1596.* Barcelona 1926.
29. *Barcelona sense Universitat,* XVII-XVIII.
30. *Barcelona sense Universitat,* XII.

31. Soldevila, *Barcelona sense Universitat,* X-XI.
32. AHB, Deliberacions, 1569, fol. 25.
33. Feliu de la Penya, *Anales de Cataluña,* III, 180.
34. Vegeu sobre aquest punt les encertades consideracions de Vicens i Vives, *Notícia de Catalunya.*
35. ACA. CA. 368.
36. ACA. Reg. 5217, fol. 91.
37. ACA. Reg. 5514, fol. 121.
38. ACA. Reg. 5518, fol. 50.
39. Coroleu, J., *Claris i son temps.* Barcelona 1880, pàg. 67.
40. Vegeu, per exemple, les obres de Pfandl, Marañón, Deleito, Maura Gamazo, dedicades a l'examen d'aspectes importants de la societat espanyola durant els segles XVI i XVII.
41. DACB, V, 47.
42. ACA. Reg. 4736, fol. 198.
43. ACA. Reg. 4757, fol. 54.
44. ACA. Reg. 5216, fol. 123.
45. ACA. Reg. 5515, fol. 121.
46. ACA. Reg. 5517, fol. 158.
47. ACA. Reg. 4769, fol. 96.
48. ACA. Reg. 5519, fol. 126.
49. ACA. Reg. 4761, fol. 207.
50. ACA. Reg. 5525, fol. 152.
51. ACA. Reg. 5525, fol. 14.
52. ACA. Reg. 5528, fol. 276.
53. ACA. CA. 261 i 344.
54. ACA. Reg. 4727, fol. 205.
55. ACA. Reg. 4730, fol. 246.
56. ACA. Reg. 4733, fol. 245.
57. ACA. Reg. 4737, fol. 61.
58. ACA. Reg. 4734, fol. 238.
59. ACA. Reg. 4737, fol. 166.
60. ACA. Reg. 4752, fol. 78.
61. ACA. Reg. 4757, fol. 53.
62. ACA. Reg. 4763, fol. 135.
63. ACA. Reg. 4756, fol. 108.
64. ACA. Reg. 4763, fol. 12.
65. ACA. CA. 368.
66. ACA. CA. 368.
67. ACA. Reg. 5516, fol. 141.
68. ACA. CA. 368.
69. ACA. CA. 368.
70. Vegeu el seu llibre *Supersticiones de los siglos XVI y XVII y hechizos de Carlos II.* Madrid s. a.

Els virreis

El desenrotllament de l'ordre constitucional dels reis catòlics

Durant els regnats de Carles V i Felip II, que ocupen gairebé tot el segle XVI, l'ordre constitucional donat pels Reis Catòlics a la monarquia hispànica funciona normalment. Com és ben conegut, el principat de Catalunya hi conserva les seves institucions representatives, mentre l'autoritat reial, donada la gairebé constant absència del monarca, és exercida per un *alter nos* del rei, el virrei o lloctinent general. Ni Carles V ni Felip II ni els seus contemporanis no van plantejar-se mai la possibilitat de modificar substancialment un règim caracteritzat per l'autonomia i la descentralització més amples. Però davant de la voluntat dels homes hi sol haver la lògica inflexible dels esdeveniments. Com hem dit en enfocar l'estudi de les institucions polítiques catalanes dels segles XVI i XVII, era impossible una adequació perfecta, una integració constant, entre dues forces que no es movien sincrònicament. El règim de furs i privilegis implicava una actitud estàtica, defensiva, de parapetar-se darrera de reductes legals per obstaculitzar el progressiu desenrotllament de la monarquia cap al poder absolut.

Durant el període que estudiem, l'ordre constitucional hispànic presenta una fase d'eufòria i una altra en què comença a dibuixar-se la crisi. La primera va fins a la reacció de Felip II davant la crisi de 1568 –rebel·lió calvinista a l'Occident europeu, amb la pressió dels hugonots a la frontera pirinenca– i la segona presideix la resta del regnat del Rei Prudent. Com a rèplica defensiva davant l'esmentada pressió, Felip II es veu obligat a fortificar-se en el reducte espanyol i a impermeabilitzar el país de tot contagi ideològic procedent de l'exterior. Les veritables essències de l'esmentat reducte accentuen el paper hegemònic del centre, de Castella, afavorit, a la vegada, pel desenrotllament normal de la monarquia absoluta. La crisi a la frontera pirinenca, motivada per la pressió dels hugonots, i en la qual, en definitiva, van representar un paper important els bandolers catalans, contribuí molt a la impermeabilització total d'Espanya per Felip II, paral·lela, a la vegada, a l'afirmació del paper hegemònic de Castella, a la trajectòria de la monarquia cap a l'absolutisme, al zel del Sant Ofici en defensa de l'ortodòxia religiosa i intel·lectual i a la substitució de l'equip «liberal» del príncep d'Eboli i d'Antonio Pérez pel «reaccionari» del cardenal Granvela i del comte de Chinchón, en el consell àulic de Felip II.

A) Els virreis de Carles V

Durant el regnat de Carles V (1517-1556), el principat de Catalunya i els comtats del Rosselló i Cerdanya foren governats, en nom de l'emperador, pels virreis següents: l'arquebisbe de Tarragona, Pere Folc de Cardona (1521-1523), el prior de Castella de l'ordre de Sant Joan, Antonio de Zúñiga (1523-1524), el bisbe de Sigüenza i després arquebisbe de Saragossa, Fadrique de Portugal (1525-1539), el marquès de Lombay, després sant Francesc de Borja (1539-1543); el marquès d'Aguilar de Campóo, Juan Fernández Manrique de Lara (1543-1553), i el marquès de Tarifa, Per Afán de Ribera (1554-1558).[1] Advertim que a la primavera de l'any 1554, Carles V es va desentendre del govern dels seus Estats peninsulars i nomenà procurador i lloctinent general de la Corona d'Aragó la seva filla Joana, princesa de Portugal, en absència del príncep Felip (el futur Felip II).[2] El 16 de gener de 1556, a Brussel·les, l'emperador va abdicar els regnes de la Corona d'Aragó en el seu fill, Felip II.[3]

En els primers anys del regnat (1517-1521), no va haver-hi virrei a Catalunya; continuà en l'exercici de les seves funcions com a lloctinent de tots els regnes de la Corona d'Aragó, fins al 1520, el fill natural de Ferran el Catòlic, Alfons d'Aragó, arquebisbe de Saragossa, que fou substituït, l'any esmentat, pel comte de Mèlito, Diego Hurtado de Mendoza, les activitats del qual van concentrar-se a València, amb motiu de la guerra de les Germanies. Per fi, satisfent els precs continuats de les autoritats catalanes,[4] va decidir de nomenar virrei del principat de Catalunya, i dels comtats del Rosselló i Cerdanya l'arquebisbe de Tarragona, Pere Folc de Cardona, el qual féu la seva entrada a Barcelona el 10 d'abril de 1521.

A mesura que avança el regnat de l'emperador i com a conseqüència lògica de l'estreta aliança entre la monarquia i la noblesa territorial després dels alçaments de les Comunitats a Castella i de les Germanies a València i Mallorca, que ja hem esmentat en parlar de la societat en el capítol primer, els virreis —no són una excepció els de Catalunya— pertanyen, en general, a l'aristocràcia latifundista castellana i andalusa. Com a punt de partida, pel que es refereix a Catalunya, podem escollir l'any 1543, data del nomenament de Juan Fernández Manrique de Lara, marquès d'Aguilar de Campóo, comte de Castañeda i canceller major de Castella. El seu successor, Per Afán de Ribera, marquès de Tarifa, comte de los Molares i duc d'Alcalà, era el cap del casal dels *adelantados* d'Andalusia, una de les famílies aristocràtiques més riques i poderoses d'Espanya.

Els virreis anteriors a Francesc de Borja.— Després de la seva arribada a Espanya (setembre del 1517) per prendre possessió de l'herència dels seus avis materns —els Reis Catòlics— i d'experimentar les primeres reaccions de Castella contra l'equip de consellers flamencs que desembocarien en l'alçament de les Comunitats, el príncep Carles va fer la seva entrada a Catalunya, procedent d'Aragó, pel gener de 1519. El 28 arribà a Lleida, on estigué fins al 31. Aquest dia sortí de Lleida i, camí de Barcelona, va aturar-se uns quants dies a Cervera i a Montserrat. El 14 de febrer, els consellers de Barcelona i els estaments ciutadans el sortiren a rebre i l'acompanyaren fins al convent de Valldonzella (vora l'actual plaça d'Espanya). L'entrada oficial a la ciutat dels comtes tingué lloc l'endemà.[5] Dos mesos després —el 16 d'abril— va celebrar-se la cerimònia del jurament.

D'aquesta primera estada de Carles a Catalunya, que va prolongar-se fins al 23 de gener de 1520, cal posar de relleu les Corts de Barcelona, on hi hagué algunes dificultats, sense que prenguessin el caire perillós de les de Castella, la solemne celebració del capítol de l'ordre del Toisó d'Or,[6] els funerals de l'emperador Maximilià i la notícia de l'elecció del jove Carles a l'imperi alemany. Això va fer que, durant uns quants mesos, Barcelona es convertís en el centre polític més important d'Europa.

Impotent el portantveus de governador, Pere de Cardona, per a dominar la situació del principat i comtats, sempre delicada a conseqüència del bandolerisme, els consellers de Barcelona demanen diverses vegades el nomenament d'un virrei o lloctinent, segons ja hem dit abans. Hem de fer ara una referència a la tesi del Prof. Merriman, glossada per Ferran Soldevila, que el canvi d'actitud dels regnes d'Espanya envers l'emperador –de la resistència a l'ajuda incondicional– va començar a dibuixar–se a Catalunya, pel fet que el principat es mantingués al marge dels alçaments de les Comunitats i Germanies.[7] Això no vol dir, però, que no hi hagués dificultats. Pel juliol de 1520, els consellers de Barcelona escriuen a l'emperador insistint en la necessitat que nomeni un virrei per acabar amb els excessos que cada dia augmenten, per tal que la situació no desemboqui en un alçament com a València i Castella. Després, en comunicació al comte de Mèlito, lloctinent de tota la Corona d'Aragó, el qual no va fer un paper gaire brillant a València, durant les Germanies, els consellers de Barcelona atribueixen a la pesta el fet que la rebel·lió no s'hagi estès per Catalunya.[8] Mentre a Barcelona es celebra la coronació de l'emperador a Aquisgran i els consellers el feliciten amb un record a Carlemany, fundador de l'imperi occidental, i una al·lusió al paper de Carles com a integrador d'Occident i Orient, mitjançant la derrota dels turcs, per la ciutat es posen cartells incitant a la revolta.[9] El seny, però, va imposar-se.

Durant els dos anys del virregnat de l'arquebisbe Folc de Cardona (1521-1523), va plantejar greus problemes la guerra amb França i la pressió africana en el mar, mentre tenia lloc la reducció total de les Comunitats de Castella i de les Germanies valenciana i mallorquina. En agrair a l'emperador el nomenament de virrei a favor de l'arquebisbe, els consellers de Barcelona li van enviar unes cartes rebudes de la «Junta Santa» de Vallalodid, advertint-li que no havien castigat el missatger que les hi havia portades per tal que els comuners no adoptessin represàlies contra els mercaders catalans residents en el regne de Castella.[11]

Com ja hem dit, l'any 1521 Carles V va nomenar virrei l'arquebisbe de Tarragona, Pere Folc de Cardona, ben acollit, sobretot pel fet d'ésser «persona de la terra, per on serà més inclinat al benefici d'ella pel fet de conèixer els habitants i les causes de llur perdició». Membre d'una gran família aristocràtica catalana, Pere Folc de Cardona fou abans bisbe de la Seu d'Urgell. És el primer personatge que reuneix a les seves mans els càrrecs d'arquebisbe de Tarragona i virrei del principat.[10]

Com a successor de l'arquebisbe Folc de Cardona fou nomenat virrei de Catalunya el prior de Castella de l'ordre de Sant Joan, Antonio de Zúñiga, el qual va exercir el càrrec poc més d'un any (1523-1524).[12] Durant el curt govern d'aquest virrei va accentuar-se el perill turc, mentre millorava la situació interna, ja que Zúñiga, prudent i zelós de l'administració de justícia, va perseguir sistemàticament el bandolerisme.

Entre els anys 1525 i 1539, amb les intermitències provocades per les estades a Barcelona de Carles V i de l'emperadriu Isabel, el principat fou governat per un eclesiàstic, Fadrique de Portugal, bisbe de Sigüenza i, a partir del 1532, arquebisbe de Saragossa, del qual el *Dietari del Consell Barceloní* no ens dóna més notícies que els seus nombrosos juraments del càrrec –cada tres anys i, a més, cada vegada que el rei entrava en el país cessava el virrei– i la de la seva mort el 5 de gener de 1539.[13] Destaquem d'aquest llarg període les guerres amb França –a excepció de l'etapa 1529-1536–, amb els atacs de Barbarossa en el Mediterrani, les estades de la cort a Barcelona –de la ciutat dels comtes va sortir la victoriosa expedició a Tunis (1535)– i les tres Corts generals de la Corona d'Aragó celebrades a Montsó els anys 1528, 1533 i 1537.

Més que la guerra amb França, preocupava els catalans la pirateria a les mars a càrrec de moros, turcs i francesos, que pertorbava extraordinàriament les relacions comercials amb els ports italians. Les Drassanes de Barcelona treballen activament en la construcció de galeres, però les amenaces són contínues. Això fa que, a vegades, es plantegin qüestions entre l'emperador i els organismes autònoms del país, pel que fa referència a l'adopció de mesures de defensa. La situació es complica quan, en començar la tercera guerra amb França l'any 1536, el virrei insinua la necessitat de traslladar-se a Perpinyà, per tal de fer un reconeixement de la frontera. Els consellers de Barcelona, llavors, li fan present la necessitat que no abandoni la capital, ja que les rivalitats entre els cavallers i les bandositats podien prendre un caire de molta gravetat.[14]

El virregnat de Francesc de Borja.– És ben coneguda la personalitat del quart duc de Gandia i marquès de Lombay, Francesc de Borja (1510-1572), fill de Joan de Borja i de Joana d'Aragó. Entrat als disset anys al servei de l'emperador, al qual acompanyà en diverses expedicions, l'any 1529 va casar-se amb la cambrera de l'emperadriu Isabel, Leonor de Castro. En els braos de Francesc de Borja va morir el gran poeta castellà Garcilaso de la Vega, ferit durant la retirada de l'expedició imperial a Provença. La mort de l'emperadriu Isabel –1.r de maig de 1539– i l'oració fúnebre que amb aquest motiu pronuncià el beat Joan d'Àvila el van impressionar tant que ja llavors va decidir consagrar la seva vida al servei de Déu. L'any 1546, en morir la seva esposa, ingressà a la Companyia de Jesús i cinc anys després Carles V el va autoritzar a renunciar els seus Estats en els hereus. Elegit tercer general de la Companyia (1564), va preocupar-se especialment de desenrotllar les missions a Amèrica. Fou beatificat per Urbà VIII en 1624 i canonitzat per Climent XI en 1671.[15]

Mort l'arquebisbe de Saragossa el 5 de gener de 1539, segons hem dit abans, Carles V va decidir d'enviar a Catalunya com a virrei el marquès de Lombay, llavors en plena joventut —29 anys. Probablement va influir en la decisió de l'emperador la gravetat, cada dia accentuada, del bandolerisme per l'àmbit del principat i comtats, contra el qual va dictar Carles V una interessant pragmàtica el 7 de març de 1539, és a dir, quan a Catalunya encara no hi havia virrei.[16] El mes següent —abril— l'emperador va decidir el nomenament de Francesc de Borja, al qual envià, des de Toledo, unes instruccions detallades referent gairebé exclusivament a la persecució i càstig del bandolerisme. Pel seu interès, en coiem alguns paràgrafs: «*Cataluña no puede estar sin lugarteniente general porque la mayor parte de la provincia es áspera y montañosa y en fronteras de Francia, Aragón y Valencia... De todas las bandosidades que hubiere, os informaréis para poner luego las partes en treguas reales, que, hecho esto, la gente de mala vida se derramará y, derramada será más fácil el remedio... Antes que el arzobispo muriese* —és a dir, Fadrique de Portugal— *ya la tierra andaba llena de bandoleros, a causa de las bandosidades de Pujades y Semenat, y por las diferencias de Castellbó, y por las qüestiones de Cadell, Riembau y don Francés de Pinós y otras muchas enemistades públicas que havía, y hase aumentado la cosa de tal manera que, después de la muerte de dicho arzobispo la tierra ha andado llena de delados y malos hombres, que nunca hubo tantos...*»[17]

No era fàcil, doncs, la tasca que pertocava desenrotllar al jove marquès de Lombay, el qual, el 14 d'agost de 1539, féu la seva entrada a Catalunya, per Tortosa, on va prestar el corresponent jurament de les Constitucions i Privilegis del país. Nou dies després arribà a Barcelona. Tres foren, en síntesi, les principals preocupacions de Francesc de Borja durant el seu virregnat català: l'armament de galeres i la defensa contra la pirateria —l'any 1541 tingué lloc la desgraciada expedició de Carles V contra Alger—, el bandolerisme i la nova guerra amb França, amb la necessitat de reforçar la frontera (1542). Ferran Soldevila ha sintetitzat el govern del marquès de Lombay a Catalunya amb uns paràgrafs d'antologia, que reproduïm: «Com un deure penós, però com una missió providencial, Francesc de Borja desplega la seva tasca de governant, unida estretament a la seva pietat, als consells dels seus directors i als avisos celestials; estimula la caritat i la diligència en l'administració de la justícia i en l'ensenyament dels infants; corregeix els abusos de les tropes espanyoles i n'exigeix responsabilitats als capitans; posa remei a la fam d'aquelles anyades fent venir blat de França i de Sicília; persegueix amb zel exaltat els bandolers, que vol extirpar de totes passades, i respon als qui li retreuen un excés de rigor que fer justícia de cent homes amb aquella severitat evitava de fer-ne de mil —segons el seu biògraf, J. E. Nieremberg, s'adoloria de la sang vessada i feia dir un trentenari de misses per cada reu que manava ajusticiar—, i privant de la vida uns quants s'assegurava la de molts innocents i es restituïa a la república la pau i la quietud. Ací, al mateix temps, desplega i enfondeix l'oració i els exercicis de pietat i penitència, entra en contacte amb la Companyia de Jesús, acabada de fundar, correspon amb Ignasi de Loyola i emprèn ja decididament la ruta que el durà a la fundació del Col·legi de Gandia (convertit, per privilegis del papa i l'emperador, en la primera universitat que tingueren els jesuïtes) i a l'ingrés a la Companyia de Jesús».[18]

L'any 1542 van celebrar-se Corts generals de la Corona d'Aragó a Montsó, on fou jurat com a hereu el príncep Felip, futur Felip II. Acompanyat pel seu pare, aquest va fer una estada a Barcelona, el mateix any, durant la qual s'ha sostingut que s'esdevingué el discutit assaig de Blasco de Garay referent a la navegació a vapor o a base d'un dispositiu manejat per homes que permetia d'avançar a les naus sense veles ni vent.[19]

Poc abans d'acabar el període de govern del marquès de Lombay a Catalunya va esclatar, com ja hem dit, una nova guerra entre Espanya i França. Per aquest motiu fou nomenat capità general del principat el duc d'Alba, el qual va preocupar-se de l'adopció de les mesures de defensa.[20] Aquesta guerra va imposar l'adopció de mesures de defensa contra els immigrants francesos. El darrer document del marquès de Lombay com a virrei de Catalunya és un escrit a l'agutzil reial Guillem Malla ordenant l'empresonament dels «gascones et francigene ac alii vassalli regis Francie, non receptis albaranis seu certificatoriis a vicariis seu juratis... et plures ex ipsi cum armis incendendo per plures et diversas partes totius principatus Catalonie et comitatum Rossilionis et Ceritanie...»[21]

El virregnat de Francesc de Borja va expirar a principis de l'any 1543. El seu successor, el marquès d'Aguilar, va jurar les Constitucions i els Privilegis de Catalunya a la Seu de Barcelona el dia 10 de juliol de l'any esmentat.[22]

Els virregnats dels marquesos d'Aguilar i de Tarifa.– El nou virrei de Catalunya, Juan Fernández Manrique de Lara, marquès d'Aguilar de Campóo i comte de Castañeda, és un gran aristòcrata que ocupà alts càrrecs durant el regnat de Carles V, com els de canceller major de Castella, caçador major del Cèsar i ambaixador a Roma. El seu govern a Catalunya va durar deu anys, des del 10 de juliol de 1543 fins al dia de la seva mort, a Barcelona, el 14 d'octubre de 1553.[23]

Amb els problemes de sempre –guerres amb França i pressió otomana i piràtica a les mars– el virregnat del marquës d'Aguilar no fou massa afortunat, segons la historiografia. Bofarull, per exemple, basant-se en un *«escrito serio y plenamente justificado»*, segons afirma, l'acusa de tirànic i afegeix que el virrei, *«faltando a su juramento de respetar las costumbres y leyes del país, prescindiendo de la verdadera Audiencia, de que era presidente nato, se había creado otra a su manera, compuesta de aúlicos serviles que le ayudaban a llevar a cabo sus arbitrariedades, aprisionando y castigando ciudadanos de todas clases y categorías, creando nuevos oficiales para la pública administración, quitando los que existían y ocasionando las mayores perturbaciones en todos los ramos e indistintamente en todos los distritos de Cataluña, Rosellón y Cerdaña»*.[24] Diversos testimonis documentals aplegats pel Sr. Carrera Pujal demostren que el marquès d'Aguilar ben sovint no va estar al nivell que les circumstàncies exigien. Pel mes d'agost del 1551, els consellers de Barcelona escriuen a l'emperador i, després d'esmentar alguns «descuits» del virrei, sembla que el vulguin disculpar piadosament degut als seus anys i a les seves malalties.[25]

Durant el govern del marquès d'Aguilar van celebrar-se dues Corts generals de la Corona d'Aragó a Montsó –la de 1547 i la de 1552. El 12 de juliol de 1551 va arribar a Barcelona, procedent d'Alemanya i Itàlia, el príncep Felip, el qual va preocupar-se de la continuació de la muralla de la ciutat.[26] Com ja hem dit, el marquès d'Aguilar morí a Barcelona el 14 d'octubre de 1553. Fou enterrat en el monestir de Jesús, «fora los murs de la present ciutat», tres dies després. A la fúnebre cerimònia va haver-hi una qüestió de precedència entre la clerecia, que el *Libre de coses asanyalades* ens descriu així: «Y perquè hi hagué qüestió ab los monestirs sobre lo procehir s'en anaren los pares del monestir de Prehicadors, Sant Francesch, lo Carme y Agostins, sols romangueren los frares del monestir de Jesús y de la Mercè y de la Trinitat ab tot lo clero de la Seu y altres parròchies, las quals ab professó ab una creu de la Seu lo aportaren al dit monestir de Jesús».[27]

El successor del marquès d'Aguilar en el virregnat de Catalunya fou un gran senyor andalús, Per Afán de Ribera, marquès de Tarifa, comte de los Molares i duc d'Alcalà (1554-1558). En deixar el càrrec a Catalunya fou nomenat virrei de Nàpols, on el seu govern fou molt celebrat, particularment pel que fa referència a la lluita contra el bandolerisme calabrès i als esforços amb què va secundar la recuperació hispànica a la Mediterrània contra Turquia —acció de Malta, de 1565. Va morir a Nàpols essent-ne virrei, l'any 1572, després d'haver pogut celebrar la fausta nova de la victòria de Lepant, a la qual va contribuir en la seva preocupació constant pels afers marítims.[28]

La qüestió de precedència entre la clerecia, que va complicar la cerimònia de l'enterrament del marquès d'Aguilar, que abans hem esmentat, va repetir-se entre les autoritats civils i eclesiàstiques quan féu l'entrada a Barcelona el nou virrei el dia onze d'abril de 1554. Evidentment, aquella societat era extraordinàriament puntosa. El *Libre de coses asanyalades* descriu així el cas: «Dimecres a XI de abril del any MDLIV entra en la present ciutat lo ilustre marquès de Tarifa, lochtinent y capità general de Sa Magestat per lo portal de Sant Anthoni, a la qual entrada isqueren los magnífichs consellers ab prohòmens y los honorables cònsols de la mar, y com foren a la Creu Cuberta guardaren dit senyor lochtinent fins que vingué y vehent-lo venir lo anaren a rebre un poquet més enllà, y essent allí fou qüestió entre lo gobernador y lo bisbe perquè lo gobernador volia anar ab la filera del marquès y aquí denpeus fou declarat per lo conceller dihent-ho lo dit marquès que no tenia loch dit gobernador, y així anaven lo dit marquès al mig, lo bisbe a mà dreta y lo conseller en cap a mà esquerra, y vingueren per lo carrer del Carme y Plasa Nova a la Seu, ahont jurà y hoy sentència de excomunicació de servar tots los privilegis de la ciutat y de la terra, com és costum».[29]

També van preocupar el marquès de Tarifa els problemes de sempre, és a dir, la guerra amb França i la pressió otomana i piràtica a les mars. El bandolerisme català, en canvi, fou més actiu, i el virrei, decidit a extirpar-lo, va ordenar l'enderrocament de castells i cases de cavallers on es refugiaven els malfactors. Això explica que les lloances que va merèixer la seva actuació en el virregnat napolità, a què abans ens hem referit, no s'hagin donat a Catalunya.[30] Consta que els diputats, basant-se en el fet que els dits enderrocaments es feien sense coneixement de la Reial Audiència, van enviar una protesta a la princesa Joana, filla de l'emperador i lloctinent, llavors, dels regnes d,Espanya. La decisió final que va adoptar-se fou contrària a les ordres donades pel virrei.[31] En tot cas, els bandolers «publicats y gitats de pau y treva, y acuydats de Sa Magestat» foren molts durant el govern de Per Afán de Ribera.[32] El 23 de setembre de 1557, el virrei va prohibir els torneigs que solien celebrar alguns cavallers de Barcelona, «per ser en la temporada que som –hi havia pesta– y per evitar tota occasió de concurs de gent».[33] Per facilitar el transport del blat del Pla d'Urgell a Barcelona, va ordenar, el mateix any, la reparació dels camins.[34]

El virregnat del marquès de Tarifa va expirar els primers mesos de l'any 1558, data en què, com ja hem dit, fou traslladat al govern de Nàpols. El seu successor en el virregnat de Catalunya, García de Toledo, va ésser nomenat el 25 d'abril de l'any esmentat.

Carles V i Catalunya.– Al marge de les commocions que van agitar una gran part d'Espanya a principis del regnat –Comunitats de Castella i Germanies de València i Mallorca– i sense haver-se produït encara el trasllat decisiu del centre de gravetat d'Europa devers el Nord, amb la decadència de la Mediterrània, Carles V i els catalans es van entendre fora bé des del primer moment. La intervenció catalana en les empreses de l'emperador fou molt notable no solament a la Mediterrània, on van ocupar alts càrrecs, per exemple, Hug de Montcada, Antoni de Cardona i Berenguer d'Oms, sinó àdhuc a Amèrica– anada de catalans, com Miquel Rifós, en l'expedició al Riu de la Plata (1526); capitulacions de Carles amb Joan d'Espès, lleidatà, veí de València, per a la conquesta de terres a Nova Andalusia (Veneçuela).[35] No creiem, però, que s'hagi d'invocar la «predilecció» de Carles V envers els catalans.[36] Més exacte seria dir que l'emperador, polític realista amb ambicions ecumèniques, va actuar en una època en què l'ordenació hispànica dels seus avis va funcionar normalment, sense que les circumstàncies motivessin, encara, predileccions ni prejudicis. No volem negar que Carles oblidés fàcilment els grans esdeveniments que es van produir a Barcelona –«pulcherrime omnium civitatum (Marineo Siculo) i «*bellissima cità in bellissimo sito*» (Navagero)[37]– durant la seva primera estada l'any 1519: el capítol del Toisó, ordre ben representativa del cosmopolitisme de Borgonya, i la seva elecció a l'imperi alemany. L'any 1520, mentre forcejava amb els procuradors de Castella a Santiago de Compostela per obtenir els recursos necessaris per al seu viatge a Flandes i Alemanya, va recordar-se de la Verge de Montserrat i concedí al monestir 1.200 ducats d'or, *«por la mucha devoción que tenemos al monasterio de Nuestra Señora de Monsserrate y por el cargo de que somos al abad y monjes* *dél, de las continuas oraciones que hacen a Nuestra Magestad por la conservación de nuestro Estado».*[38]

El realisme de Carles V envers la problemàtica que sempre li va plantejar l'imperi féu que captés exactament la realitat peninsular. L'any 1519, en arribar a Barcelona, posa en primer lloc entre els seus regnes la Corona d'Aragó. Hi podia haver un desig d'afalac, però també és probable que la frase fos citada pel record de la política exterior del seu país natal, Flandes, tan vinculada a l'acció diplomàtica de Joan II d'Aragó, les directrius del qual presidirien la política internacional dels Habsburg.[39] Uns anys després —1533— l'emperador ja s'ha convençut que el principal suport demogràfic i econòmic de la seva política és Castella, «cap dels nostres regnes».[40] El mateix realisme presideix les instruccions que Carles va donar al seu fill, el príncep Felip, en encarregar-li el govern del regnes d'Espanya (Palamós, 1543): *«Os avyso que es necesario que en ello* (govern de Catalunya) *seáis muy sobre aviso, porque más presto podríades desherrar en esta gobernación que en la de Castilla, así por ser los fueros y constituciones tales, como porque sus pasiones no son menores que las de otros y ósanlas más mostrar y tienen más disculpas y hay menos manera de poderlas averiguar y castigar».*[41]

Com ja hem dit, Carles V va aplegar diverses vegades les Corts Catalanes, per tal d'obtenir-ne els serveis corresponents. A continuació donem les dades reunides per Bofarull:[42]

		Lliures
1519	Barcelona	250.000
1529	Barcelona	250.000
1533	Montsó	250.000
1537	Montsó	210.000
1542	Montsó	250.000
1547	Montsó	235.000
1552	Montsó	235.000
	Total	1.680.000

B) Els virreis de Felip II

Durant el regnat de Felip II (1556-1598), al principat de Catalunya i als comtats de Rosselló i Cerdanya van succeir-se els deu virreis següents: García de Toledo, marquès de Villafranca (1558-1564); Diego Hurtado de Mendoza, príncep de Mèlito i duc de Francavila (1564-1571); Fernando de Toledo, prior de Castella de l'ordre de Sant Joan (1571-1580); Francesc de Montcada i Folc de Cardona, comte d'Aitona (1580-1581); Carles d'Aragó Tagliavia, príncep de Castell-Letrano i duc de Terranova (1581-1582); Juan de Zúñiga, comte de Miranda (1583-1586); Manrique de Lara y Girón, comte de València (1586-1590); Pedro Luis Galcerán de Borja, mestre de Montesa (1591-1592); Bernardino de Cárdenas y Portugal, duc de Maqueda (1592-1596); i Lorenzo Suárez de Figueroa, duc de Feria (1596-1602). Com ja hem dit en el lloc oportú, el darrer virrei de Carles V, marquès de Tarifa, va governar el principat fins a l'any 1558, data de nomenament del seu successor, García de Toledo. El darrer virrei de Felip II, el duc de Feria, va presidir en el principat el trànsit al regnat de Felip III. Tots els personatges esmentats, a excepció de tres –el comte d'Aitona, aristòcrata català, el duc de Terranova, napolità, i el mestre de Montesa, valencià–, són grans nobles castellans, d'acord amb l'articulació social, política i econòmica que presideix la monarquia hispànica dels Habsburg.

El virregnat de García de Toledo.– García de Toledo y Osorio, marquès de Villafranca, duc de Fernandina i príncep de Montalbán (1514-1578), era cosí del gran duc d'Alba i un dels representants més destacats de la generació hereva de la burocràcia creada per Ferran el Catòlic, que va ocupar els càrrecs de responsabilitat en la direcció de la política espanyola durant els regnats de Carles V i de Felip II. Fill de Pedro de Toledo, virrei de Nàpols, féu una carrera brillant a la Mediterrània a les ordres del genovès Andrea Doria. Després de prestar serveis a Itàlia, a les ordres del seu cosí, el duc d'Alba, fou nomenat virrei de Catalunya, càrrec que ocupà durant sis anys (1558-1564). Després tornà a la marina, on el trobem, com a *«capitán general de la mar»*, en l'expedició d'auxili a l'illa de Malta l'any 1565. Morí a Nàpols, d'un atac de paràlisi, l'any 1578. Com ha fet notar Braudel, García de Toledo personifica la recuperació hispànica a la Mediterrània contra Turquia, que conduiria a la brillant victòria de Lepant.[43]

Els problemes que es plantegen durant el virregnat de García de Toledo a Catalunya –nomenat el 25 d'abril de 1558, comença a exercir el càrrec el 5 d'agost del mateix any, data en què prestà jurament a Girona– són, en síntesi, els que preocuparan durant tot el regnat de Felip II, és a dir, la pressió turca i piràtica a la Mediterrània, amb freqüents incursions en el litoral català i balcànic, i l'amenaça protestant a la frontera del Pirineu, que comença a tenir gravetat en iniciar-se les guerres de religió a França. Per contrarestar la primera, les Drassanes de Barcelona fan un esforç notable en la construcció de galeres. Als problemes externs que hem esmentat, cal afegir-hi el bandolerisme, endèmic en el país, segons hem dit tantes vegades. Davant l'amenaça protestant a la frontera pirinenca, la monarquia concedeix cada vegada més atenció al bandolerisme català, convençuda que aquell estat de desordre i d'efervescència passional pot constituir, a la vegada, un factor que debiliti la resistència contra les doctrines herètiques. Les minucioses instruccions que la princesa Joana, regent llavors d'Espanya, va donar a García de Toledo, en ésser nomenat virrei de Catalunya, demostren fins a quin punt el bandolerisme pirinenc preocupava el govern central.

Durant el virregnat de García de Toledo, va posar-se de relleu la solidaritat entre Aragó i Catalunya. A requeriment de França, en guerra contra Espanya, una esquadra turca es féu a la mar a l'estiu del 1558. A primers de juliol, els otomans, amb una flota de 150 galeres, van apoderar-se de Ciutadella (Menorca), i, en retirar-se, s'emportaren més de sis mil captius, pels quals van demanar rescat. El pànic produït a Catalunya, greument afectada per la pesta, fou molt gran. Corresponent a la petició d'ajuda, els aragonesos van enviar a Barcelona cinc-cents soldats, comandats pel ciutadà de Saragossa Pedro la Raga. Aquestes forces van restar vint dies a Barcelona, fins que es tingué notícia certa de la retirada de les galeres otomanes.

Durant l'any 1564, Felip II féu una visita a Barcelona, on va celebrar Corts als catalans (febrer i març). Amb data 10 de febrer, quatre dies després d'arribar a la ciutat dels comtes, el rei decidí nomenar García de Toledo «capità general de la mar». Uns mesos després –el 23 d'abril–, en escrit als doctors de la Reial Audiència, el sobirà va comunicar que havia decidit nomenar virrei de Catalunya, per substituir García de Toledo, Diego Hurtado de Mendoza, el qual féu la seva entrada oficial a Barcelona el 15 de juny del mateix any.

El virregnat de Diego Hurtado de Mendoza.– Nét del gran cardenal d'Espanya, Pedro González de Mendoza, i pare de la famosa princesa d'Èboli, Ana de Mendoza, que representa l'etern femení en les lluites entre Felip II i el seu secretari Antonio Pérez, Diego Hurtado de Mendoza, fill del primer comte de Mèlito del mateix nom, nasqué vers l'any 1515 i morí a Madrid l'any 1578. Virrei d'Aragó, conseller d'Estat i president del Consell d'Itàlia, tenia, doncs, una llarga experiència política en ésser nomenat virrei de Catalunya per Felip II l'any 1564. Sempre distingit pel rei, que va atorgar-li els títols de príncep de Mèlito i duc de Francavila, el nou virrei de Catalunya era un membre ben caracteritzat de la famosa família dels Mendoza, representativa, segons el Dr. Marañón, de l'esperit liberal i obert de l'aristocràcia espanyola i oposada al partit reaccionari i bèl·lic capitanejat pel gran duc d'Alba, Fernando Álvarez de Toledo.

Hem dedicat un minuciós estudi monogràfic a l'època governamental de Diego Hurtado de Mendoza a Catalunya, ben representativa, en síntesi, de la política de Felip II envers el principat.[44] Això ens permet d'extractar-ne breument ací les conclusions.

Hem esmentat ja diferents vegades els problemes exteriors de Catalunya durant el segle XVI, és a dir, la periòdica lluita amb França a la frontera pirinenca i la gairebé constant pressió corsària barbaresca a les mars i, tot sovint, en el litoral. El perill turc i la pirateria costanera es compliquen, durant el període que estudiem, degut a les activitats d'un factor advers intern, que sol estar en contacte amb els enemics del rei d'Espanya. Ens referim als moriscos, que, si bé a Catalunya tenen poca importància numèrica, constitueixen un potent focus demogràfic a València, on compliquen molt la situació crítica abans esmentada. La rebel·lió morisca a les Alpujarres (1568-1570) constitueix l'episodi culminant del vessant mediterrani, islàmic, de la gran crisi hispànica del 1568, a la qual ens referim més endavant. Per contrarestar la pressió otomana, les Drassanes barcelonines treballen intensament, mentre l'ajuda dels catalans, simbolitzada per la figura de Lluís de Requesens, serà decisiva a Granada i a Lepant.

Signada la pau entre Espanya i França a Cateau-Cambresis l'any 1559, que posava fi a les lluites gairebé constants de l'època de Carles V, la pressió militar francesa a la frontera pirinenca és substituïda, ben aviat, per la pressió dels hugonots del *Midi*, en desencadenar-se les guerres de religió en el país veí. Aquesta pressió, que posava de relleu el plantejament de la lluita militar entre les reformes catòlica i protestant (particularment calvinista) contribueix decisivament a la impermeabilització d'Espanya per Felip II. El perill hugonot a la frontera, combinat amb el corrent immigratori francès i amb les amenaces de contagi ideològic, coneix la seva plenitud l'any 1568, data en què, a la vegada, es planteja amb tota la seva gravetat la rebel·lió dels Països Baixos contra el rei d'Espanya.

La presència de luterans i hugonots entre els bandolers catalans i els contactes freqüents dels darrers amb els seus amics de més enllà de la frontera, fan que les autoritats comencin a veure relacions entre la pressió calvinista als Pirineus i l'endèmic bandolerisme català. Aquest, doncs, devia representar, fins a un cert punt, un factor de dissidència interna, el paper del qual respecte als hugonots degué ser semblant al dels moriscos respecte als turcs. Evidentment, no es pot generalitzar, però no hi ha dubtes que els contactes entre ambdós elements van existir. Per altra part, i ara sí que es pot parlar en termes generals, l'efervescència constant de la muntanya catalana –i aragonesa– afeblia la posició d'Espanya, campiona, durant Felip II, de la causa del catolicisme a Europa.

El conjunt de tots els factors adversos esmentats, que nosaltres hem designat amb el nom de crisi de 1568, condiciona el gran viratge de l'Espanya del segle XVI, del cosmopolitisme humanístic de Carles V al nacionalisme hispànic de Felip II, entenent el mot «nacionalisme» en el sentit d'un factor diferenciat dels altres països de l'Occident europeu emmotllats pel Renaixement crític i la Reforma protestant. Aquest canvi, el va presidir al principat de Catalunya el virrei Diego Hurtado de Mendoza, malgrat que representés una posició política –oberta i liberal, segons ha definit Marañón– que moria amb la impermeabilització espanyola de Felip II. En pura lògica aquesta fou la «resposta» del rei al «desafiament» del calvinisme, per dir-ho amb la terminologia de Toynbee.

Per un moment, la crisi de 1568 va semblar que podia tenir conseqüències immediates i molt greus a Catalunya i a la resta d'Espanya. Uns inquisidors van denunciar al rei i al papa que els heretges s'havien instal·lat sòlidament en el principat. La reacció del monarca fou fulminant: els diputats i oïdors del General foren empresonats i el virrei va adoptar extraordinàries mesures de precaució. Després va demostrar-se que la denúncia era molt exagerada i aquells foren alliberats. L'epíleg d'aquestes mesures fou la introducció de la censura a Catalunya i als comtats del Rosselló i Cerdanya pel virrei successor del príncep de Mèlito, Fernando de Toledo, l'any 1573.

Com hem escrit en l'estudi breument sintetitzat, el viratge hispànic dels anys 1568-1570, amb l'actuació política del virrei Hurtado de Mendoza, donà una projecció veritablement europea a un període de la Història de Catalunya, els esdeveniments del qual, d'altra banda, van ésser decisius pel que fa referència a l'orientació futura de l'Espanya dels Àustries.[45]

Els virregnats del prior de Castella, el comte d'Aitona i el duc de Terranova.– El nou virrei del principat, Fernando de Toledo, prior de Castella de l'ordre de Sant Joan, féu la seva entrada oficial a Barcelona el 27 de maig de 1571.[46] Va governar el principat i els comtats durant nou anys, fins al 25 de gener de 1580, data en què Felip II comunicà la seva substitució per un aristòcrata català: el comte d'Aitona.[47]

En consonància amb la gairebé constant manca de forments, degut a les collites dolentes i agreujada pel fet d'exportar-se cereals del Rosselló i Cerdanya cap a França, «segons se diu per provisió dels lluterans»,[48] el bandolerisme català va constituir la principal preocupació del virrei Fernando de Toledo. La lluita entre el virrei i els bandolers és com uns rigodons tràgics. Aquests, des del Pirineu, per Vic, i d'Aragó, per Lleida, descendeixen cap al litoral, per a retirar-se pels mateixos camins quan les forces del virrei i els sometents emprenen llur persecució, i després torna a començar el cicle. Els bandolers cerquen, afanyosament, els carros de moneda que la monarquia envia a Barcelona, per al seu embarcament amb destí a Gènova.[49] El 20 de novembre de 1575, per exemple, el prior de Castella comunica a tots els oficials del principat que les quadrilles de bandolers d'En Montserrat Poch i d'En Rabassa estan a l'esguard dels 100.000 ducats que es troben a Lleida, en trànsit cap a Barcelona.[50]

Tot sovint es produeixen incidents entre el virrei i les institucions autònomes del principat, deguts a l'enèrgica persecució per part d'aquell de bandolers i fautors. Quan veu que les quadrilles surten com a bolets, Fernando de Toledo diu que en les vegueries més afectades, les de l'interior, «los càrrechs de la justícia estan en mans d'amics de lladres i valedors».[51] A l'estiu del 1577, per exemple, el virrei està molt preocupat per les anades i vingudes de la quadrilla d'En Puigdecases, àlias «Coll de Nargó», pel pla d'Urgell, juntament amb els «lluterans enemichs de nostra Sancta Fe Cathòlica».[52]

Pel que fa referència al perill turc a la Mediterrània, Fernando de Toledo va tenir el goig de poder comunicar –el 2 de novembre de 1571– «la victòria que Nostre Senyor Déu, per sa misericòrdia, és estat servit donar al senyor don Joan d'Àustria, generalíssimo de la Santa Lliga, contra la armada del turch», és a dir, la victòria de Lepant.[53]

El 1.r de febrer del 1580 va jurar el càrrec de virrei Francesc de Montcada i Folc de Cardona, comte d'Aitona i d'Osona i vescomte de Cabrera i Bas,[54] després virrei de València i mort l'any 1594. El govern del comte d'Aitona fou molt curt, un any, durant el qual Catalunya va celebrar l'anexió de Portugal a la corona d'Espanya i es vestí de dol amb motiu de la mort de la reina Anna d'Àustria, quarta esposa de Felip II.[55] «Per ser la temporada tan estèril y cara de manteniments»,[56] augmentà el malestar en el país, i els vagabunds i bandolers «entren ab violència en moltes cases y s'emporten d'aquelles tot lo or, argent, joyes y robes».[57]

Que la situació empitjorava, ens ho palesen les dades següents. L'any 1575, el prior de Castella escriu als cònsols de Puigcerdà: «Recordant-nos lo que ordinàriament se segueix cada any, que faltant les neus y començant lo bon temps en aqueixa terra acuden los bandolers i lluterans...»[58] En canvi, cinc anys després, el comte d'Aitona proclama un sometent general contra els bandolers que «se posen a pas per a robar y que més freqüentment si acostumen de atrevir en lo yvern y quant més se acosten les festes de Nadal».[59]

El 7 de març de 1581, Felip II, des de Portalegre (Portugal) va comunicar als consellers de Barcelona que havia nomenat virrei del principat de Catalunya Carles d'Aragó Tagliavia, aristòcrata napolità, príncep de Castell-Letrano, duc de Terranova i gran conestable i almirall del regne de Sicília.[60] Aquest personatge féu una carrera brillant. Després d'haver pres part en nombroses accions a la Mediterrània contra turcs i barbarescos, fou virrei de Sicília (1566-1568) i, en deixar el càrrec de lloctinent de Felip II a Catalunya, governador del Milanesat (1583-1592). Pels seus serveis, el rei va concedir-li el Toisó d'Or.[61]

El duc de Terranova va jurar el càrrec de virrei de Catalunya a la Seu de Barcelona el 18 de març de 1581.[62] El seu govern va durar, com veurem més endavant, fins a les acaballes de l'any 1582, és a dir, uns dos anys.

No hem de repetir que, en síntesi, Catalunya experimenta els mateixos problemes: agreujament de la situació alimentària a causa de les collites dolentes i pressió dels hugonots i pirates. Pels mesos d'octubre i novembre de 1581, Terranova adopta precaucions davant les inquietuds a la frontera francesa, degudes a la «mescla de lladres i lluterans»,[63] mentre lamenta el fet que el monestir i els monjos de Sant Miquel de Cuixà estiguin en greu perill «per la multitud dels uganots que cada dia entren de França en Conflent, robant lo que poden».[64] Uns mesos abans, agost, el virrei ordena a totes les poblacions de la costa que estiguin a punt, ja que ha tingut notícies fidedignes de l'arribada de l'almirall turc Ochalí a Alger, amb vuitanta galeres.[65]

Hem de recordar aquí que durant el virregnat del duc de Terranova a Catalunya va portar-se a terme la reforma gregoriana del calendari. Pel seu interès reproduïm l'ordre que amb aquest motiu el virrei va adreçar a totes les autoritats del principat i comtats: «Tenim per cert haureu ya entès lo que lo Rey Nostre Senyor, en conformitat de la voluntat de nostre molt Sant Pere Gregori XIII, ha manat escriure als prelats, abats, capitols y eclesiàstiques persones de aquests principat i comtats acerca de haver llevat deu dies del mes d'octubre, que essent a quatre la festa de Sant Francesch, lo dia aprés següent se ha de comptar quinze, y perquè en açò, axí en les rendes com en los salaris y deutes poria haver algun bescomte o frau, us diem, encarregan y manan que en toot se conte per jornada, ajustant los deus dies als que aprés se seguiran, de tal manera que ningú reba bescompte, frau ni perjuy del que degut li sia, sinó que dels restants y aprés següents dies li sia esmena y compliment» (Barcelona, 16 de setembre de 1582).[66]

Els virregnats dels comtes de Miranda i de València, i del mestre de Montesa.— El 13 de desembre de 1582, des de Lisboa, Felip II posà en coneixement dels consellers de Barcelona que havia nomenat virrei de Catalunya el comte de Miranda, el qual féu la seva entrada oficial a la ciutat i prestà el jurament a la Seu el 16 de març següent.[67] Juan de Zúñiga y Avellaneda, parent dels Requesens i sisè comte de Miranda per la seva muller Maria de Zúñiga, fou un gran aristòcrata castellà; cavaller de Santiago i virrei de Nàpols (1586-1595), va casar el seu fill primogènit amb una filla del duc de Lerma, privat, després, de Felip III. Aquest parentiu va valer-li el càrrec de president del Consell de Castella, en l'exercici del qual morí a Madrid l'any 1608.[68] El comte de Miranda va governar Catalunya fins pel maig de 1586, en què fou nomenat virrei de Nàpols.[69]

Al comte de Miranda, ben simpàtic als catalans, va tocar-li de governar en un període ben trist de la Història de Catalunya, caracteritzat per l'agreujament dels problemes que ja coneixem. Entre mil exemples que podríem donar, vegeu el que escriu el virrei al veguer i cònsols de la Seu d'Urgell el 25 de juny de 1584: «La temporada és tal que no és manco que los poblats en terres de frontera tinguen sempre algunes inquietuts, majorment en los estius y primaveres, que los passos y ports resten oberts per ser descarregats de les neus, y més en temps de tanta necessitat y carestia, que no pot deixar de créixer lo número dels lladres y malfactors, y com se entenga que per aqueixa frontera de França los y haja juntats ab alguns heretges y altra mala gent...»[70] Si això passa a la muntanya, no és millor la situació del litoral. Vegeu com la descriu el comte de Miranda pel març de l'any esmentat: «Lo dany y desatent que los moros, corsaris y enemichs de nostre fe cathòlica han donat y donen contínuament a tota aquesta terra y part marítima, infectant y robant y saquejant los béns, axí dels mariners que per aquí naveguen com dels poblats en aquexa costa marítima, y captivant les persones que poden haver...»[71]

Durant l'any 1585 van celebrar-se Corts generals de la Corona d'Aragó a Montsó, en les quals els catalans atorgaren al rei un servei de 500.000 lliures i va acordar-se la compilació de les Constitucions de Catalunya. Felip II féu una breu estada a Barcelona el mes de maig.[72]

En el transcurs de l'estada de Felip II a Montsó i a Catalunya van prendre un caràcter oficial els conflictes monàstics a Montserrat, entre els monjos catalans i castellans. Consta que els monjos del dit monestir, «naturals de la Corona d'Aragó, agraviats de molts notables agravis que reben dels abats y mayordorms de aquella Sancta Casa castellans en peraules y clausures extraordinàries», van aixecar una enèrgica protesta al rei.[73] El representant del braç popular a les Corts de Montsó de 1585 va demanar al rei que declarés el monestir de benedictins de Montsserat deslligat i independent del de Valladolid i que tots els seus abats i monjos haguessin d'ésser naturals de la Corona d'Aragó.[74]

El nou virrei de Catalunya, Manrique de Lara y Girón, comte de València, va governar durant el període de 1586-1590.[75] En el transcurs d'aquests anys –i sense que deixin de preocupar els problemes tantes vegades esmentats– cal posar de relleu l'agreujament dels conflictes entre el virrei, d'una part, i les autoritats catalanes –conseller de Barcelona i diputats del General– de l'altra i els projectes barcelonins de transformar el port de la ciutat en una gran base naval, que Felip II, ben identificat amb el viratge atlàntic i nòrdic de la conjuntura història d'Europa, no va prendre en consideració.[76] El 7 d'abril de 1588 van fer-se pregàries arreu del país per l'èxit de l'armada que el rei envià contra Anglaterra. El 4 d'octubre següent es publicà oficialment la notícia del desastre de la *Invencible*.[77]

Manrique de Lara va tenir la dissort que durant el seu govern els bandolers catalans robessin, per primera vegada, la moneda que el rei enviava a Barcelona, camí de Gènova. La quadrilla comandada pel «Minyó de Montellà» va sorprendre els carros d'or plata a Sidamon i en robà «molts milanars de ducats».[78]

El govern del seu successor, el mestre de Montesa, va durar un any, de l'onze de març de 1591 al vint de març de l'any següent, data en què morí a Barcelona.[79] Pedro Luis Galcerán de Borja, fill del tercer duc de Gandia, Juan de Borja, i germà de pare del futur sant Francesc de Borja, nasqué a Gandia el 1528. Fou el primer marquès de Navarrés i el darrer Mestre de Montesa. Quan fou nomenat virrei de Catalunya tenia una experiència directa dels problemes de la Mediterrània, ja que abans havia ocupat els càrrecs de capità general de Tlemecen i de Tunis.[80] Com de costum, la preocupació principal del mestre de Montesa fou la persecució de bandolers, contra els quals va mobilitzar sometents, mentre s'esforçava per posar novament en marxa «la unió i germandat general en dits principat i comtats».[81]

Els virregnats dels ducs de Maqueda i de Feria.— El 10 de juny de 1592 el rei va comunicar als consellers de Barcelona el nomenament de Bernardino de Cárdenas i Portugal, duc de Maqueda i marquès d'Elx, com a virrei de Catalunya. Prestà jurament primer a Lleida i després a la Seu de Barcelona, el 23 del mateix mes.[82] *Adelantado* major de Granada i alcalde major de Toledo, el duc de Maqueda fou nomenat, després, virrei de Sicília i morí a Palerm el 17 de desembre de 1601.[83]

Cansarem el lector repetint que els problemes van agreujantse cada dia més, però no hi ha més remei que fer-ho així. A les repercussions dels successos d'Aragó, que després esmentem, cal afegir la crisi alimentària, produïda per la manca de forments, el caire cada dia més perillós que ofereixen els esdeveniments de França, les activitats constants dels bandolers i la pressió otomana. Des de fa uns anys, la cancelleria dels virreis no es cansa de repetir que en el principat i comtats «non solum non speratur prospera neque fecunda colecta fructum sed potius tenuis tritium, ordeum, avenam, vinum et oleum», la qual cosa provoca uns preus molt elevats i la misèria per als humils.[84] Quant a les guerres de religió de França, l'any 1593 Felip II, «veent la Iglésia tan opprimida y les coses de França en tan gran treball», ordena a tots els bisbes de Catalunya que facin «professons, pregàries, oracions y altres suffragis y sacrificis, suplicant a Nostre Senyor Déu auxili y favor per lo remey de dites Iglésia y regne de França».[85] Un conjunt de bandolers, gascons i hugonots, actua pel pla d'Urgell, «prohibint que los habitants en dita plana no puguen aplegar los pochs fruyts que N. S. és estat servit de donar-los-hi, ni aquells poder batre si no és ab gran perill de llurs vides» (any 1592).[86] I, per arrodonir el panorama, el 30 de setembre de 1594 el duc de Maqueda comunica a tots els pobles de la costa que «la armada del turch, la qual és de cent y sinch galeres y altres molts vexells, és exida per a dampnificar la christianitat y asenyaladament les terres y vasalls de Sa Magestat».[87]

El 14 de novembre de 1596 arribà a Barcelona, procedent d'Itàlia, el duc de Feria, «segons se diu provehit en cort de virrey de Cathaluña».[88] Efectivament, Feria va jurar el càrrec a la Seu cinc dies després.[89] Lorenzo Suárez de Figueroa, segon duc de Feria (1559?-1607), va ocupar diversos càrrecs de responsabilitat durant els regnats de Felip II y Felip III. Després del seu govern a Catalunya passà al virregnat de Sicília (1602-1606) i, més avant, li fou confiada una ambaixada a l'Imperi, prop de Rodolf II, amb motiu dels problemes que plantejava la manca de successió legal de l'emperador i el fet de no haver-se nomenat encara Rei de Romans.

La preocupació principal del duc de Feria durant els dos darrers anys del regnat de Felip II fou la guerra d'Espanya amb la coalició de Greenwich –Anglaterra, França, Holanda–, que, com és natural, va tenir moltes repercussions a la frontera pirinenca, en particular als comtats de Rosselló i Cerdanya.[90] El 24 de setembre de 1598, poc després de signada la pau de Vervins amb França, arribà a Barcelona la trista nova de la mort de Felip II, amb el nou nomenament del successor, Felip III, a favor del duc de Feria com a virrei de Catalunya.[91] Quatre dies després, Feria comunicà oficialment al principat i comtats la mort del monarca de l'Escorial, que tancava una època de la Història de l'Europa occidental.[92]

Felip II i Catalunya.– Hem estudiat monogràficament la influència de les pressions estrangeres a Catalunya en el gran viratge polític de Felip II[93] –reacció davant la crisi de 1568– i n'hem fet un breu esment ací en sintetitzar el virregnat de Diego Hurtado de Mendoza. Això ens estalvia d'insistir sobre el problema capital de la política de Felip II a Catalunya.

En general, els catalans no regategen a Felip II els homes i els diners que els demana per als afers de l'imperi. Cal tenir en compte, però, el continu desplaçament dels corrents històrics devers el Nord d'Europa des de mitjan segle XVI. La batalla de Lepant (1571), en ple viratge de Felip II cap a la impermeabilització d'Espanya, demostra, encara, el pes específic dels afers mediterranis. Serà, però, la darrera vegada. Cada dia més, la importància primordial correspon a l'Oceà i a les qüestions nòrdiques, des de l'anexió de Portugal (1580) a la guerra amb la coalició de Greenwich (1596-1598). El canvi d'escenari explica que el paper de Catalunya, activíssim a Lepant, fos molt reduït a la *Invencible,* per exemple.

Ens manca un estudi detingut sobre les Corts de Barcelona del 1599, primeres del regnat de Felip III als catalans, per a conèixer els detalls de la política de Felip II envers Catalunya a la segona meitat del seu regnat. Cal tenir en compte, però, els termes en què necessàriament s'havia de plantejar el problema entre una força estàtica, les institucions autònomes, i l'altra dinàmica, la monarquia marxant devers l'absolutisme. L'atmosfera de plena col·laboració coneix el seu cimal amb la generació d'en Lluís de Requesens i la batalla de Lepant. Després, i contra els desigs d'ambdues parts, es posarien lentament els fonaments de la crisi de l'ordre constitucional hispànic dels Reis Catòlics, que es manifestaria per primera volta amb la sensació d'alleujament que va experimentar-se, arreu d'Espanya, a la mort del Rei Prudent.

En parlar del virregnat de García de Toledo, hem fet esment de l'ajuda d'Aragó a Catalunya llavors de l'amenaça de l'armada turca l'any 1559. Cal advertir que els catalans van ésser agraïts: l'any 1578, trobant-se la ciutat de Saragossa en greus dificultats econòmiques, Barcelona va fer-li un emprèstit de 60.000 lliures, sense interès.[94]

Les torbacions d'Aragó de l'any 1591, motivades pel fugitiu Antonio Pérez i els seus amics, tingueren fortes repercussions a Catalunya. A jutjar per la contesta donada a les peticions d'ajuda per part dels aragonesos i a les iniciatives plantejades al rei, la conducta dels diputats de la Generalitat i dels consellers de Barcelona fou un veritable monument de seny i de prudència. El 9 de novembre de 1591 escriuen als diputats d'Aragó: «Ab les de V. S. de 3 i 4 del present havem antès lo infelice estat y treballs de aqueix regne ab tanta làstima y pena nostra com nos obliga lo amor y correspondència que entre si han tingut sempre estos dos regnes, y lo que en tan gran sentiment nos done y deu donar a V. S. algún alívio és la confiança que tenim de la benignitat y clemència de Sa Magestat, al qual enbiam a suplicar ab solemne embaixada, conforme requereix la qualitat del negoci tan grave, sia de son real servey ab medis benignes donar lo assiento que convé a la quietut y sosiego de aqueix regne...» Acaben dient que «lo zel i cristianitat de S. M. nos promet en aquesta calamitat tan felice succés com tots desitjam».

Tres dies després d'escrita aquesta carta, i sense temps encara d'arribar a poder dels seus destinataris, féu la seva entrada a Saragossa l'exèrcit reial comandat per Álvaro de Vargas –12 de novembre–. El drama polític havia acabat i començava la repressió –excessivament dura– per part del rei. Llavors els diputats catalans varen fer gestions a favor dels aragonesos, com ho demostra el document que copiem a continuació, datat el 5 de desembre: «Ab la real letra de V. M. tenim entesa la grandíssima mercè que fa en aquest seu principat donant-nos llicència pugam intercedir per los qui contra son real servey han errat en aquell seu regne de Aragó, y així, usant de tan alta mercè, confiats de la gran christianitat y clemència que sempre havem coneguda en V. M. y singularment ab sos vassalls, recordant-nos haver aquell regne servit tan faelment als reys predecessors de bona memòria y a V. M., ab esta suplicam quant humilment podem, sia servit V. M. usar an los dits culpables de sa acostumada benignitat y clemència, que quant ab ells maior se usarà, maior mercè rebrà aquest principat de ma de V. M.» Desgraciadament, el rei féu poc cabal de les súpliques dels diputats catalans.[95]

Notes

1. Advertim que el nostre estudi sobre els virreis es basa, naturalment, en les poques dades que en coneixem a través de les obres generals de Feliu de la Penya, Bofarull, Soldevila, Carreras Candi i Carrera Pujal, així com també en la consulta del *Dietari de l'Antic Consell Barceloní* (DACB) i les *Rúbriques de Bruniquer* (RB). Sobretot, però, hem sintetitzat els resultats de les nostres investigacions en la cancelleria dels virreis i en el Consell d'Aragó, particularment pel que fa referència al període 1556-1665.
2. ACA. Reg. 4008, fol. 64.
3. ACA. Reg. 3901, fol. 1-5.
4. Carrera Pujal, *Historia política y económica*, I, pàgs. 93-95, on esmenta diversos testimonis documentals.
5. Foronda Aguilera, *Estancias y viajes del emperador Carlos V*. Madrid 1914.
6. Ainaud de Lasarte, Joan, *El Toisó d'Or a Barcelona*. Barcelona 1949.
7. Soldevila, Ferran, *Història de Catalunya*, II, pàg. 197.
8. Carrera Pujal, *Historia política y económica*, I, pàg. 93.
9. Carrera Pujal, *Historia política y económica*, I, pàg. 94.
10. Advertim que, si no consta el contrari, les referències sobre els virreis procedeixen dels nobiliaris (García Carraffa, Atienza, Fernández de Bethancourt, etcètera) i del *Diccionario de Historia de España*, publicat per l'Espasa Calpe.
11. Carrera Pujal, *Historia política y económica*, I, pàg. 95.
12. Fou nomenat el 1.er de juliol de 1523 (ACA. Reg. 3879, fol. 85) i morí a Girona pel novembre de l'any següent (DACB, VI, 397).
13. DACB, vols. III i IV. Vegeu un epigrama que li fou dedicat en morir (Comes, *Libre de coses asanyalades*, 451). Feliu de la Penya, *Anales*, III, 170, diu que va començar el seu govern el 28 de juliol de 1528.
14. Carrera Pujal, *Historia política y económica*, I, pàgs. 102 i ss.
15. Nieremberg, Juan Eusebio, *Vida de San Francisco de Borja*, Madrid 1901.
16. Borràs, Antonio, S. I., *Contribución a los orígenes del bandolerismo en Cataluña*, «Estudios de Historia Moderna», III, Barcelona 1953.
17. Borràs, *Contribución*. Vegeu també Blanco, P. J., S. I., *El virreinato de San Francisco de Borja en Cataluña*. Barcelona 1921.
18. Soldevila, *Història de Catalunya*, II, pàg. 214.
19. Carrera Pujal, *Historia política y económica*, I, 117-118.
20. Comes, *Libre de coses asanyalades*, 455 i ss. Vegeu la descripció de la campanya en Bofarull, *Historia de Cataluña*, VII, pàgs. 87 i ss.

21. Borràs, *Contribución.*
22. Bofarull, *Historia,* VII, 102.
23. DACB, IV, 265; Comes, *Libre de coses asanyalades,* 486.
24. Bofarull, *Historia,* VII, 109.
25. Carrera, *Historia,* I, 124.
26. Vegeu la descripció de la cerimònia en el *Libre de coses asanyalades,* 478.
27. Pàg. 486.
28. Vegeu la nota 10.
29. Pàg. 487. La data de l'entrada i jurament no està d'acord amb el Dietari, que dóna la del 1.er de maig (DACB, IV, 264).
30. Bofarull, VII, 112 i ss.
31. Carrera, *Historia,* I, 126.
32. ACA. Reg. 4238, fol. 9-10.
33. ACA. Reg. 4227, fol. 95.
34. ACA. Reg. 4226, fol. 205.
35. Soldevila, *Història de Catalunya,* II, 198.
36. Bofarull Sans, *Predilección de Carlos V por los catalanes.* MABLB, V, 1896, 315-434.
37. Soldevila, *Història,* II, 200.
38. ACA. Reg. 3887, 137.
39. Vicens Vives, Jaume, *Monarquía y Revolución en la España del siglo XV. Juan II de Aragón.* Barcelona 1953.
40. Soldevila, *Història,* II, 208.
41. Publicades per Morel-Fatio, «Bulletin Hispanique», I, 1889.
42. *Historia,* VII, 122.
43. Utilitzant documentació de primera mà, tenim un treball inèdit sobre el virregnat de García de Toledo a Catalunya. Aquí en fem una síntesi molt breu, sense referències especials.
44. Vegeu el nostre llibre *Felip II i Catalunya.*
45. Vegeu el nostre llibre *Fellip II i Catalunya.*
46. DACB, V, 120.
47. DACB, V, 231.
48. ACA. Reg. 4737, fol. 73, any 1572.
49. Vegeu el nostre treball, *Los envíos de metales preciosos americanos a través de la Corona de Aragón y sus relaciones con el bandolerismo pirenaico,* «Estudios de Historia Moderna», IV, Barcelona 1954.
50. Ibídem.
51. ACA. Reg. 4737, fol. 15.
52. ACA. Reg. 4743, fol. 52.
53. ACA. Reg. 4737, fol. 28.
54. DACB, V, 232.
55. DACB, V, 234, i ACA. Reg. 4746, 132.
56. ACA. Reg. 4746, fol. 63.
57. ACA. Reg. 4745, fol. 174.
58. ACA. Reg. 4735, fol. 281.
59. ACA. Reg. 4745, fol. 199.
60. DACB, V, 265.
61. Veg. nota 10.
62. DACB, V, 265.
63. ACA. Reg. 4750, fol. 177.
64. ACA. Reg. 4748, fol. 100.
65. ACA. Reg. 4748, fol. 30.
66. ACA. Reg. 4750, fol. 129-130.

67. DACB, V, 347 i 349.
68. Vegeu nota 10.
69. DACB, V, 425.
70. ACA. Reg. 4751, fol. 175.
71. ACA. Reg. 4752, fol. 176.
72. Bofarull, *Historia,* VII, 194 i ss.; ACA. Reg. 4754, 91, i 4755, 43.
73. ACA. CA. 343.
74. Soldevila, *Historia,* II, 241.
75. Signà el primer document com a virrei el 2 d'octubre de 1586.
76. Carrera, *Historia,* I, 148-149, i 151 i ss.
77. DACB, V., 43 i 98-102.
78. Vegeu el nostre treball *El envío de metales preciosos,* abans citat.
79. DACB, VI, 231 i 397.
80. Vegeu la nota 10.
81. ACA. Reg. 4762, fol. 142.
82. DACB, VI, 425-426.
83. DACB, VI, 584.
84. ACA. Reg. 4761, 106.
85. ACA. Reg. 4761, 211.
86. ACA. Reg. 4761, 124.
87. ACA. Reg. 4767, 3.
88. DACB, VI, 584.
89. DACB, VII, 75.
90. Vegeu, per exemple, el Reg. 4769.
91. DACB, VII, 138.
92. ACA. Reg. 4768, 137.
93. Vegeu el nostre llibre *Felip II i Catalunya.*
94. Carrera, *Historia,* I, 138.
95. Vegeu el nostre llibre *Felip II i Catalunya.*

La crisi i la seva trajectòria

L'ordre constitucional donat pels Reis Catòlics a la monarquia hispànica, de la qual hem estudiat en el capítol anterior el funcionament normal en el segle XVI, entrà en crisi des de començaments del regnat de Felip III, per a atènyer el punt culminant durant el període de dotze anys transcorreguts entre 1640 i 1652. A més de la incompatibilitat entre una força estàtica, representada pel règim de furs i privilegis, i una altra de dinàmica, pròpia de la monarquia absoluta, que tendeix a la concentració en mans del sobirà de tots els ressorts del poder, la crisi va plantejar-se per les dificultats financeres dels Habsburgs, agreujades per la contracció de l'economia d'Occident europeu en el segle XVII. Aquesta causa econòmica motivà la política d'integració dels territoris no castellans d'Espanya dins la mateixa línia de sacrificis econòmics de Castella, i va començar a posar-se de relleu amb la pretensió de la monarquia de cobrar el «quint» dels drets dels municipis —època de Felip III— per a donar lloc, durant el govern del comte-duc d'Olivares, al plantejament total de la qüestió, és a dir la col·laboració plena dels catalans en les despeses de l'esforç bèl·lic d'Espanya, en el moment en què els tresors d'Amèrica havien perdut la importància que tingueren en els regnats anteriors.

Catalunya no fou un cas singular l'any 1640, sinó que la mateixa conjuntura presideix la crisi de l'Estat arreu d'Europa, d'Alemanya a Portugal i de Sicília a Anglaterra. En la monarquia hispànica va provocar-se un moviment desintegrador en cadena:

Catalunya, Portugal, Biscaia, Aragó, Andalusia, Nàpols. En la majoria dels països afectats per la crisi de l'Estat en la conjuntura de 1640 –prenem com a exemple la França de la *Fronda* i del govern posterior a Lluís XIII– la crisi es va resoldre mitjançant una solució de força, representada per l'absolutisme monàrquic, és a dir, amb el predomini total del factor representatiu de l'esperit cartesià de l'època. A Espanya, en canvi, deixant de banda el posterior reconeixement de la independència de Portugal, la crisi va desembocar en un restabliment de l'ordre constitucional dels Habsburgs, que obrí el pas al neoforalisme de l'època de Carles II.

No es poden reduir, doncs, els esdeveniments que van esclatar violentament l'any 1640 a un deliberat propòsit d'Olivares d'acabar amb les llibertats catalanes i a la resistència patriòtica d'un poble disposat a conservar les seves peculiaritats característiques. Hi hagué tota una trajectòria prèvia en la qual, fins a les Corts de 1626, cal afegir al desequilibri econòmic el vigorós desenrotllament del bandolerisme, amb els parapets que la legislació foral oposava als virreis per a reaccionar d'una manera adequada. A propòsit del bandolerisme es parlarà ja l'any 1615, com veurem, de la necessitat d'assegurar a Catalunya l'ordre públic com a Castella. Entre les Corts de 1626 i la guerra amb França de 1635, la crisi es polaritza entre els projectes d'Olivares i l'oposició de la burgesia barcelonina. Sembla, però, que ambdós elements no estaven disposats a cremar les naus. Després, quan damunt del país van projectar-se les pressions de Castella i de França, va plantejar-se el dilema de si l'oposició no extrema de la burgesia litoral catalana a la política del comte-duc podria contrarestar un eix entre la noblesa pirinenca i Richelieu. L'any 1638, com ha demostrat Elliott, el desplaçament de forces en el mecanisme polític del principat –insaculació de Claris–, de la burgesia barcelonina a la noblesa de la muntanya, va fer possible l'esmentat eix amb França, mentre, a Castella, la posició fins a cert punt moderada del comte-duc perdia punts davant l'envestida dels «ultres», com el cardenal Borja, el protonotari Villanueva i els deixebles del duc d'Alcalà. Ambdues posicions s'havien radicalitzat i el xoc era gairebé inevitable.

Quan Olivares, decidit a imposar la cooperació financera als catalans, va portar la guerra a les fronteres de Catalunya, els allotjaments militars van ésser la causa immediata de l'alçament dels pagesos, que a la vegada tingué una forta característica de reivindicació social en el camp. No hi hagué una unanimitat a Catalunya l'any 1640; en general, els aristòcrates i l'alta burgesia van romandre fidels a la Corona d'Espanya, mentre que els cavallers de la muntanya i els camperols van imposar la solució revolucionària i la incorporació del principat a la Corona de França. Cal tenir en compte, doncs, aquest caràcter de guerra civil, involucrat en la Guerra europea dels Trenta Anys. Deixant de banda les contingències d'índole militar, un nou desplaçament de forces devers el moderantisme, a Barcelona i a Madrid, va cloure la revolució catalana amb la reincorporació del principat a la Corona de Felip IV. El preu fou la pèrdua del Rosselló.

A) *Els virreis de Felip III*

Durant el regnat de Felip III (1598-1621), van succeir-se set virreis en el principat de Catalunya i els comtats del Rosselló i la Cerdanya: el duc de Feria, Lorenzo Suárez de Figueroa (1598-1602); l'arquebisbe de Tarragona, Joan Terés (1602-1603); el duc de Monteleón, Hèctor de Pignatelli i Colonna (1603-1610); el bisbe de Tortosa, Pedro Manrique (1611); el marquès d'Almazán, Francisco Hurtado de Mendoza y Cárdenas (1611-1615); el duc d'Alburquerque, Francisco Fernández de la Cueva (1616-1619), i el duc d'Alcalà, Fernando Afán de Ribera y Enríquez (1619-1622). El primer i el darrer van presidir el trànsit entre dos regnats: el primer, el duc de Feria, entre el de Felip II i el de Felip III; i el segon, el duc d'Alcalà, entre el de Felip III i el de Felip IV.

Tots els personatges esmentats, a excepció de l,arquebisbe de Tarragona, el bisbe de Tortosa i del duc de Monteleón, són grans aristòcrates castellans, amb cognoms i títols de ressonància dins la noblesa espanyola. Alguns d'ells, com el marquès d'Alazán i el duc d'Alcalà, han tingut ascendents que han ocupat el mateix càrrec en regnats anteriors. El mateix duc de Monteleón, de l'aristocràcia napolitana, era parent del duc de Terranova, virrei de Felip II.

Per llur actuació política a Catalunya destaquen, especialment, els dos últims virreis, és a dir, el duc d'Alburquerque i el duc d'Alcalà. Plantejada ja d'una manera oberta la crisi l'any 1615, ambdós amb instruccions de jugar les cartes fortes, van ésser enviats a Barcelona per resoldre el problema català. Com veurem, la figura més interessant és el duc d'Alburquerque, que arriba al principat amb tota mena de prevencions –amb motius sobrers pel que fa referència al bandolerisme– i al cap de poc temps s'ha convertit en un enamorat de Barcelona i està sempre a partir un pinyó amb els consellers de la ciutat.

Els virregnats del duc de Feria i de l'arquebisbe de Tarragona.— Virrei de Catalunya des de 1596, segons hem dit en parlar del regnat de Felip II, el duc de Feria fou ratificat en aquest càrrec pel nou rei, Felip III, amb data 17 de setembre de 1598.[1] Durant els quatre anys que governà el principat com a representant del duo Felip III-duc de Lerma, els esdeveniments més importants foren les Corts de Barcelona de 1599, amb la presència del monarca, el bandolerisme i els perills de guerra amb França.

L'estada del rei a Barcelona —del 18 de maig al 13 de juliol de 1599[2]— i les Corts catalanes que llavors es celebraren, marquen el moment d'idil·li màxim entre la reialesa i el principat, quan la crisi començava a dibuixar-se. Els catalans van fer un donatiu esplèndid: 1.100.000 lliures barcelonines a la Corona i, a més, quantiosos presents al duc de Lerma —10.000 lliures—, al vicecanceller d'Aragó —6.000— i al regent i al secretari del mateix organisme —3.000 i 2.000 lliures respectivament[3]—. En compensació, el rei féu una fornada nobiliària a Catalunya[4] i decidí de tornar a la ciutat de Barcelona les insaculacions de batlles i jutges, que havien passat a mans de la Corona durant el regnat de Felip II.[5]

Les dificultats, però, van plantejar-se ben aviat. Les constitucions aprovades per les Corts, el rei les va remetre el mes de setembre, encara que modificant-ne alguns capítols. Després de diverses negociacions, els diputats del General i els consellers de Barcelona feren present al duc de Feria que estaven disposats a acceptar les constitucions modificades a Madrid, a excepció de cinc, referents, sobretot, a la facultat del virrei de fer determinats pregons i a la prohibició de portar armes —pedrenyals— per part dels cavallers. El duc de Feria, com a rèplica, va ordenar l'empresonament dels diputats, interpretant la seva protesta com a desobediència. Aquests incidents van costar el càrrec al duc de Feria, el qual fou substituït —16 d'abril de 1602— per l'arquebisbe de Tarragona. Immediatament van publicar-se les constitucions, sense les cinc impugnades per les autoritats catalanes.[6]

La qüestió dels pedrenyals i el disgust del braç militar del principat tenen una relació estreta amb el bandolejar. En efecte, el desarmament general hauria impossibilitat l'existència de bandolers, mentre aquests existien, en general, gràcies als fautors que tenien, els quals solien ésser cavallers. La prohibició de portar pedrenyals era un pas cap a l'extirpació del bandolerisme, però suposava guanyar-se l'hostilitat dels cavallers, autoritzats a portar armes per les Constitucions de Catalunya. Tot formava un cercle viciós. Feria ordena de pregonar la prohibició de portar pedrenyals, i, quan la Generalitat li fa present el contrafur, escriu al rei lamentant les *ataduras* del règim foral, que no permeten imposar el manteniment de l'ordre públic sense contemplacions.[7]

Respecte als temors de guerra amb França, el 10 de setembre de 1600 el duc de Feria escriu a les autoritats dels pobles de la frontera: «Havem entès lo que intenta lo rey de França contra lo duch de Saboya, prenent y occupant-li ses terres, com de fet l'hi'n ha preses algunes, y encara que no haia rompuda la pau ab lo rey, nostre senyor, ha aparegut prevenir els danys que poria rèbrer aquexa vila...»[8]

Ja hem exposat les causes de la substitució del duc de Feria per l'arquebisbe de Tarragona, Joan Terés, l'any 1602. Fou una mesura d'apaivagament presa per la Cort. Sense ambicions polítiques i desitjós de poder reintegrar-se totalment a la seva missió eclesiàstica, l'arquebisbe de Tarragona governà el principat poc més d'un any: del 16 d'abril de 1602 al 10 de juliol de 1603, data en què morí a Barcelona.[10] Després de decretar l'alliberació dels diputats i de publicar les Constitucions, segons hem dit abans, l'arquebisbe-virrei va afrontar amb valentia la qüestió dels pedrenyals. El 22 d'abril de 1603, invocant la quietud pública i la pau, Terés ordena publicar un pregó, «amb conclusió feta en lo sacre Real Consell» en el qual «reprova y foragita del present principat y comtats tot gènero de pedrenyals, axí llarcs com curts, de qualsevol mida que sien». Llur fabricació queda prohibida als ferrers i mecànics. Segons el virrei, els pedrenyals «són estats i són occasió de criar-se y viure molts dels habitants y poblats en dits principat y comtats ociosa y malament, y de coadunar-se y aquadrillar-se y consertar-se moltes enemistats i parsialitats, principi de tots els mals i delictes, y atenent que en altres regnes y províncies y en aquesta també, axí en Corts generals com altrament per Sa Magestat y per altres llochtinents generals, com a arma inútil per la guerra, proditòria, falsa, maligna y indigna de nom de arma són estats prohibits, però encara reprovats y foragitats com la qualitat de arma tan proditòria y diabòlica mereix...».[11] A la nova protesta dels diputats, l'arquebisbe-virrei respon que els pedrenyals són la causa «de les moltes morts y danys que cada dia se fan», i que no creu que llur prohibició vagi contra les Constitucions, ja que, reunides les tres Sales de la Reial Audiència, unànimement va acordar-se que no ho era; s'oferirà, però, a estudiar novament la qüestió.[12]

Ja hem dit que Joan Terés havia demanat diferents vegades el relleu. El 19 de maig de 1603, Felip III li accepta la renúncia i comunica als consellers de Barcelona el nomenament del duc de

Monteleón com a virrei del principat. Terés morí el 10 de juliol següent i Monteleón jurà el càrrec el 31 del mateix mes.[13]

Els virregnats del duc de Monteleón, del bisbe de Tortosa i del marquès d'Almazán.— Hèctor de Pignatelli i Colonna, duc de Monteleón i personatge ben representatiu de l'aristocràcia napolitana, governà el principat durant set anys (1603-1610) i deixà un record excel·lent de la seva gestió, segons els consellers de Barcelona.[14]

Les preocupacions principals del duc de Monteleón foren la penúria constant de diners, el bandolerisme i l'expulsió dels moriscos. Sobre la manca de diners, després de repetir que ha esgotat «*todas las traças*» per obtenir-ne, vegeu el que escriu al rei a finals de l'any 1603: «*Yo no puedo consolarme ni quietar el ánimo viéndome en el aprieto que V.M. sabe, pues he representado tantas veces la miseria y calamidad en que se halla este cargo... pues siendo tan grande la necesidad que esta provincia tiene de justicia, es caso imposible hazerla por no tener un solo real para prometer a un espía o levantar alguna gente para perseguir facinerosos...*».[15] Poc després insisteix i afirma que, trobant-se sense un cèntim, ha pogut «*tomar a cambio 3.000 ducados para la paga de la primera feria de Plasencia*».[16]

Pel que fa referència al bandolerisme, el duc de Monteleón escriu al rei (13 d'agost de 1603): «*La mayor parte de la gente de aquí está inclinada al vivir con poca quietud entre ellos, siguiendo bandos y parcialidades, de donde resultan infinitos excesos*». Per afrontar la situació, continua dient, és indispensable el rigor, que fan impossible a la vegada les lleis del país —«*la justicia está con las manos muy atadas por los capítulos y constituciones que sobre ello hay*»[17]— Recordem aquest cercle viciós perquè, com ja hem dit i tindrem ocasió de comprovar més endavant, contribuí molt al plantejament de la crisi entre el principat de Catalunya i la monarquia dels Àustries.

El 28 de maig de 1610, el duc de Monteleón va ordenar la publicació, a Barcelona, de l'ordre del rei Felip III signada el 17 d'abril anterior, per la qual es disposava l'expulsió dels moriscos de Catalunya. Vegeu els detalls que ens dóna d'aquest fet el cronista Bruniquer: «A 12 de juny de 1610, scriuen (els consellers de Barcelona) al procurador de les baronies, qui era a Flix per la expulsió dels moriscos de estos regnes, acusant-li la sua de 7 del dit, ab què deia com en aquell dia eren arribàts en aquella ribera de Flix los moriscos de Leyda, Seròs, Fraga, Mequinença i Aitona, posats ab quinse barques, que serien entre tots, compresos los minyons, 4.000 persones, y que habien desembarcat allí ab molt sosiego y repós, y a 6 de juny escrigueren al rey, beneint-lo y estimant tan santa resolució com havia presa de la expulsió dels moriscos».[18]

Durant uns mesos, exercí el càrrec de virrei el bisbe de Tortosa, Pedro Manrique –l'enèrgica intervenció del qual féu que Felip III autoritzés a quedar-se part dels moriscos del seu bisbat.[19] L'actuació del bisbe de Tortosa va caracteritzar-se per l'intent d'acabar amb el bandolerisme mitjançant el perdó, que s'atorgava a canvi d'obligar-se els interessats a servir el rei en els exèrcits d'Itàlia i de Flandes. Aquestes mesures, que no van resoldre el problema, van posar-se en pràctica a l'estiu del 1611. Gran part del Registre 5.189 del Arxiu Reial de la Corona d'Aragó està ocupada pels perdons als bandolers. Vegeu la introducció: «Secuntur remissiones tam Petri Rochaguinarda, viri facinerosi, quam aliorum eiusdem speiis. Deus det nobis suam gratiam».[20] En la remissió d'En Perot Rocaguinarda, de la parròquia d'Oristà, bisbat de Vic (30 de juny de 1611), consta que el famós bandoler sortirà dels regnes d'Espanya en un període màxim de 22 dies i que servirà el rei durant deu anys a Itàlia o a Flandes.[21]

Amb data 4 de gener de 1611, Felip III comunicà als consellers de Barcelona el nomenament del marquès d'Almazán com a virrei de Catalunya, el qual prengué possessió del càrrec el 1.er de setembre següent.[22] Francisco Hurtado de Mendoza y Càrdenas, segon marquès d'Almazán i cinquè comte de Monteagudo, exvirrei de València i governador de Milà, va presidir a Catalunya (1611-1615) la fase d'incubació decisiva de la crisi entre el principat i la monarquia dels Àustries.

L'augment constant del bandolerisme, amb el desgavell monetari provocat per les mesures inflacionistes de Felip III, col·loquen el marquès d'Almazán entre l'espasa i la paret, tenint en compte que una acció enèrgica contra els bandolers i els seus fautors era incompatible amb l'estricta observança dels furs del país. D'altra banda, en comprovar el govern de Madrid que els virreis fracassaven contra el bandolerisme, començà a llançar acusacions contra el marquès d'Almazán. Aquest va perdre la paciència i es dirigí al rei amb paraules tan fortes que el secretari del Consell d'Aragó, Gassol, va contestar-lili: «*No me avía atrevido a referirla al Consejo* –la seva carta– *y le advierto repare mucho de aquí adelante el modo y respeto con que se deve escribir a S.M.*»[23]

Després de repetir que «*no se puede más que la tierra los produce* (els bandolers) *como ongos, ella los fomenta y defiende*» i d'informar que les quadrilles d'En Trucafort i d'En Cuxart s'han retirat a França, el marquès d'Almazán presenta un informe al rei, que pel seu interès reproduïm: «*La carta de V.M. de 4 deste, respuesta de la que yo havía escrito, satisfaciendo a la que truxo don Alexos de Marimón, governador deste Principado, sobre los expedientes para tener limpia de ladrones esta provincia, se vio juntas las tres Salas deste Real Consejo, y dexado el medio de traer cavallos e infantes de Castilla, que V.M. no es servido admitir por el gasto que dello resultaría a la Real Hacienda, se propuso el otro, de que los lugares pagassen los daños en cuyos términos se cometieran los delitos, y tratado sobre esto les parece que habiéndose de ajustar en ello a las Constituciones de la tierra, no es medio platicable por los engaños y embustes a que se abriría puerta a gente que con su mala inclinación ha menester poco para poner obra y execución qualquier invención y maldad; y assí como quien tiene ya el alma en los dientes para que otro tome esto a su cargo, digo a V. M. que, no haviendo persecución continua de gente forastera* (és a dir, de no catalans), *no ay que sperar se conservarà limpia la tierra desta gente: abentaránle de una parte a otra, más bolverán luego por ser los más margeneses* (fronterers) *y gente de sus casas, que tornan a ellas con seguridad de sus vezinos, que por obligaciones o por temores no los descubren ni testifican contra ellos, teniendo por materia de estado para lo que puede suceder a cada uno sólo por el mal de su vezino. V. M. es señor desta Provincia, que le sirve de muralla para la defensa de las otras, y assí le corre obligación de sustentarla en pie y segura, socorriéndola de lo que le falta con lo que a las otras les sobra*» (25 d'octubre de 1614).[24]

Quan Almazán actua fort es plantegen les inevitables qüestions amb la Generalitat. Aquesta protesta al rei que el lloctinent ordeni enderrocar castells i cases on es refugien bandolers, dient que així creixerà el mal, «ab la gent que roman sens cases, sens patrimonis i sense poder-se mantenir»; i Almazán es defensa i acusa els diputats, «*cuyo consumo se ha convertido ya en carne y sangre de los que tienen las manos en ello... y con no gozar la provincia ningún beneficio de tan gruesas entradas como tienen*».[25]

Per altra banda, la prohibició dels pedrenyals no solament té agreujats els cavallers, sinó que sembla una mesura equivocada. En efecte, els consellers de Barcelona demanen al rei que els autoritzi, ja que només observa la prohibició la gent honrada.[26]

Com tots els mals de l'Espanya del segle XVII, des de la crisi monetària a l'esterilitat de Carles II, també el bandolerisme va atraure l'atenció dels famosos arbitristes. A les darreries de 1614, un frare de Montserrat, fra Cristóbal González de Guevara, escriu a Felip III i ofereix descobrir-li els remeis per a acabar amb els bandolers: «*Mucho vale la fuerça, muy christianíssimo señor y monarca, pero más efecto hace la maña*».[27] El rei va ordenar-li que es traslladés a Madrid per tal d'exposar-hi les seves idees genials.

En els darrers temps del govern del marquès d'Almazán el bandolerisme és un fenomen general a Catalunya. Sense adonar-se'n, bandolegen el mateix virrei, l,administració del qual està completament dividida entre nyerros i cadells,[28] i sobretot la seva muller i les seves filles, que segons els consellers de Barcelona eren les qui en realitat governaven. La frase «mai s'havia vist a Catalunya manessin les dones» pot llegir-se en les cartes enviades per la ciutat de Barcelona al rei.[29]

L'any 1615, el problema del bandolerisme queda situat en el primer pla entre els factors que provoquen la crisi entre el principat de Catalunya i la monarquia dels Àustries. Vegeu el que escriu al rei, el 1.er de març, el bisbe de Vic, fra Andrés de San Jerónimo: «*Sepa V. M. que la gente deste principado culpa a todos los obispos porque no se juntan a representar todos estos males* (el bandolerisme) *y pedir remedio, y dicen que embíe V. M. gente y los conquiste, que todos se le darán para que asiente la justicia como en Castilla y les quite sus malos usos y costumbres que la impiden*».[30]

Trobant-se el país en plena anarquia, el marquès d'Almazán morí a Barcelona, a la tarda del dimecres 14 d'octubre de 1615. En comunicar la notícia al rei, els diputats del General diuen: «Está aquest principat ab grandíssima aflicció per la multitut de lladres y mala gent que el tenen oprimit».[31]

Els virregnats del duc d'Alburquerque i del duc d'Alcalà.— La greu crisi a què acabem de referir-nos sorprèn el govern de Felip III sense una política definitiva. Per a substituir el marquès d'Almazán es pensa en una personalitat enèrgica, capaç d'emprar el rigor sense contemplacions de cap mena. L'escollit fou el duc d'Alburquerque, que governà exactament el principat durant tres anys: del 17 d'abril de 1616, en què jurà el càrrec a Barcelona, al 17 d'abril de 1619, en què fou destinat a ocupar l'ambaixada d'Espanya a Roma.[32] És un personatge tan interessant que mereixeria una biografia.

Francisco Fernández de la Cueva, duc d'Alburquerque, marquès de Cuéllar i comte de Ledesma i Huelma, és un gran aristòcrata castellà, que arriba a Barcelona amb tota mena de prevencions, com hem dit abans, i al cap de poc temps s'ha guanyat la confiança de l'oligarquia burgesa catalana. Són cèlebres les seves expressions en arribar a Catalunya: «*En llegando a Barcelona acabaré de poner en galeras todo el principado»* i *«Guardaré las Constituciones que me pareciere y las demás no»*.[33] Doncs bé, en cessar Alburquerque en el càrrec de virrei, escriuen els consellers de Barcelona: «Lo duch de Alburquerque... molt bé y sanctament en son govern se és aportat ab molt gust y contento de esta ciutat y de tot lo principat».[34] I no acaba així. El 24 de maig de 1627, des de Madrid, Alburquerque, *«como reconocido y buen cathalán»*, segons escriu textualment, comunica als consellers de Barcelona que el rei l'ha nomenat virrei de Sicília i s'ofereix per a tot.[35] L'any 1632, en ésser nomenat president del Consell d'Aragó, ho escriu també als consellers de Barcelona, invocant *«la profesión que siempre he hecho de buen cathalán»*.[36] I, com a dada final, l'any 1633 torna a escriure als esmentats consellers amb motiu de les noces de la seva filla Isabel amb el duc de Maqueda.[37]

Podríem definir la política del duc d'Alburquerque a Catalunya dient que mitjançant la cooperació de la burgesia litoral va imposar-se al món nobiliari, als cavallers, de la muntanya. La seva acció contra els bandolers fou d'una severitat impressionant. A partir de llavors, el bandolerisme aristocràtic i l'ajuda nobiliària als bandolers desapareix gairebé completament. Els bandolers executats es podrien comptar per centenars, entre ells un peix gros, En Gabriel Torrent de la Goula, àlias Trucafort.[38] Mitjançant sometents i soldats i no vacil·lant a condemnar a mort qualsevol fautor, Alburquerque va donar al principat una pau que feia molts anys que desconeixia.[39]

Després d'uns primers contactes amb la realitat del país, Alburquerque dirigí un informe interessantíssim al Consell d'Aragó, en el qual relaciona el bandolerisme amb la «fàbrica de falsa moneda y sersenar la bona», aspecte que ja coneixem. Els bandolers, afegeix, viuen segurs amb la immunitat de les esglésies: «Com ha florit tant en aquesta província la religió christiana, estan les esglésies per les ciutats, viles y llochs de aquest principat que es toquen les unes a les altres, de hont resten los delinqüents animosos, confiats de que en qualsevol pàssan y perpreten los delictes, tenen en continent una església per a retraure's y en les parts foranes no falten monestirs, ermites, iglésies rurals, oratoris y altres llochs». En les esglésies es fabrica moneda falsa i, «degut a la molta coadunació ab los eclessiàstics, els bandolers els indueixen a fer el mateix, i «així se han trobat capellans y religiosos que receptaven y participaven en los rescats, rebían los plagiants servint ells de medianers i anant ab quadrilles robant y matant, proveint-los de pólvora, pilotes y lo demés».[40]

Alburquerque dóna una altra prova de la intervenció estrangera en el bandolerisme dient textualment: «Majorment essent la major part dels qui inquiétan esta província suspectes de la fe». Afegeix que quan una persona vol cometre un assassinat ho fa prop d'una església i després hi cerca refugi dins. Quan els oficials van a empresonar-lo, respon «*Iglesia me llamo,* fent escarni y burla de la justícia».[41]

Per fonamentar els inconvenients derivats de la immunitat dels temples, Alburquerque ordenà obrir una informació entre diverses persones. Vegem la declaració jurada del notari barceloní Antoni Sesilles. «Lo pitjor és que entench jo no es serva en part del món lo que assí en Cathalunya, que en haver gaudit dits delinqüents de la inmunitat, són remesos de qualsevol delicte que fins en aquell dia han comès, encara que per aquells no haguessen de gaudir de dita inmunitat (cosa inaudita) y he vist jo moltes y diverses vegades prendre molts delinqüents per diversos delictes y ab dos testimonis falsos provar en la cort eclessiàstica que ha algunos anys los han tret de algunes iglésies y no els hi han restituïts y gosen de dita inmunitat». Afegeix que a vegades invoquen «extradiccions de iglésies de deu y dotze anys y no obstant hagen després comesos altres delictes, pus no són estats *formiter* restituïts a les iglésies y de dita restitució no consta ab acte autèntic, los manen restituir en dites iglésies, y en particular fora poblats hi ha moltes y diverses capelles, monestirs i iglésies que gaudeixen de dita inmunitat, en les quals de ordinari estan retirats molts delinqüents y fautors d'ells».[42]

En cessar en el càrrec de virrei de Catalunya el duc d'Alburquerque (abril de 1619), Felip III el substituí pel duc d'Alcalà, Fernando Afán de Ribera y Enríquez, senyor de la casa de Ribera, *adelantado* i notari major d'Andalusia i agutzil major de Sevilla.

El duc d'Alcalà va governar Catalunya fins pel setembre de 1622, ja en el regnat de Felip IV, en què fou substituït, com veurem, pel bisbe de Barcelona, Joan Sentís. En línies generals, Alcalà va continuar la política del seu antecessor, és a dir, la persecució implacable del bandolerisme, sense preocupar-se, però, que la força exigeix sempre una metafísica. Els sometents contra els bandolers van succeint-se amb poques interrupcions fins a l'estiu de l'any 1622, en què els consells de totes les viles importants del principat informen al Consell d'Aragó dient que la tranquil·litat és absoluta i que el bandolerisme ha estat extirpat per l'energia del duc.[43]

Després, però, rebrotarà acabdillat per En Serrallonga. Val a dir que l'actuació inintel·ligent d'Alcalà, representant dels «ultres» anticatalans a Madrid, va empitjorar extraordinàriament la situació.

Felip III i Catalunya.— Durant el regnat de Felip III, la qüestió dels pedrenyals manté agreujats els cavallers, els quals viuen amb veritable pànic des del 1616, en què es féu càrrec del govern el duc d'Alburquerque. A aquest factor de crisi cal afegir el greuge dels pobles quan la Corona, sempre necessitada de diners, exigeix el «quint» dels ingressos d'alguns municipis pels drets percebuts des de 1599. Barcelona, per exemple, envia un ambaixador a Madrid a fer present al rei que les despeses pagades per la ciutat en coses referents al reial patrimoni —armes, soldats, vigilància de les torres del Llobregat, Montjuïc i Montgat— eren molt superiors al «quint» que ara es reclamava. La contesta del rei no deixava lloc a dubtes. Comprenia, deia, les raons, però no hi podia renunciar. «*Siendo esto imposible por la razón dicha* —la manca de diners—, *he ordenado que este negocio se prosiga por términos de justicia y que vosotros seáis oídos.*»[44]

En morir Felip III (30 de març de 1621), la política de força dels virreis Alburquerque i Alcalà havia fracassat, en definitiva. Desaparegué, com hem dit, el bandolerisme aristocràtic i es feren grans escarments. «*Cada día me traen cargas de bandoleros muertos y vivos*», repetirà el duc d'Alburquerque; però el problema bàsic entre el principat i la monarquia va agreujar-se amb les creixents dificultats financeres. En pujar al tron el nou rei, Felip IV, i fer-se càrrec del poder el comte d'Olivares, el malestar era general a Catalunya. En síntesi: com ja hem dit, els cavallers estaven queixosos pels pedrenyals i la destrucció dels castells, i els pobles, pels «quints». El nou equip governamental va heretar, doncs, una situació molt delicada.

Els primers virreis de Felip IV (fins a 1641)

Fins al desencadenament violent de la crisi i l'anexió del principat de Catalunya a la Corona de França en començar l'any 1641, en el govern de Catalunya es van succeir els virreis següents: el bisbe de Barcelona, Joan Sentís (1622-1626); el bisbe d'Urgell, Lluís Díez Aux de Armendàriz (1626-1627); el bisbe de Solsona, Miguel de las Santos de San Pedro (1627-1629); el duc de Feria, Gómez Suárez de Figueroa (1629-1630); el duc de Cardona, en tres vegades (1630-1632, 1633-1638 i 1640); el cardenal-infant Ferran d'Àustria, germà del rei (1632-1633); el comte de

Santa Coloma, Dalmau de Queralt (1638-1640), i el bisbe de Barcelona, García Gil Manrique (1640).

En estret paral·lelisme amb la trajectòria dels esdeveniments —fracàs de les Corts de 1626 amb l'abisme ja gairebé infranquejable entre el principat i la Corona—, la successió dels virreis de Felip IV permet de distingir dues etapes: el govern dels bisbes, fins a l'any 1629, i la temptativa d'Olivares de trobar una sortida al problema català mitjançant el govern del principat pels mateixos catalans: el duc de Cardona i el comte de Santa Coloma. La gestió del duc de Feria, brillant militar, fou molt curta, i el nomenament del cardenal-infant, Ferran d'Àustria, el va motivar, segurament, el desig que una persona de sang reial presidís les Corts de 1632.

El govern dels bisbes.— Per afrontar l'anarquia catalana en els darrers anys del regnat de Felip III, la Corona va posar en pràctica el procediment definit amb una frase famosa de l'època: «La medicina és el rigor». Però la política de força desplegada pels virreis Alburquerque i Alcalà no va resoldre el problema. El fracàs fou constatat pel comte-duc d'Olivares, el qual, sense una política definida, encomanà el govern de Catalunya als bisbes de Barcelona, Urgell i Solsona, segons hem dit. Era un expedient per a anar tirant, mentre la crisi política seguia la seva marxa inexorable i el bandolerisme, afavorit per la *blandura* dels bisbes-virreis que necessitaven autorització especial del Sant Pare per a dictar sentències capitals, tornava a desenrotllar-se amb tota intensitat. El bisbe Joan Sentís, virrei del 1622 al 1626, morí a Barcelona l'any 1632; el bisbe Lluís Díez de Aux, virrei de 1626 a 1627, morí en l'exercici del càrrec el 4 de gener de l'any darrerament esmentat; i el bisbe San Pedro jurà el càrrec de virrei el 3 de febrer de 1627, i l'onze de juny de 1629 fou substituït pel duc de Feria.[45]

Abans de concentrar la nostra atenció en la trajectòria de la crisi política és convenient que fem un darrer esment del bandolerisme fins a la mort d'En Serrallonga, l'any 1634. A l'hivern de 1627, per exemple, el bisbe San Pedro escriu al rei que la situació és desesperada i que els fautors, la frontera francesa i la muntanya «*de continuo crían bandoleros*», i afegeix: «*Se conservan los ladrones cadeles* (cadells) *en los lugares y casas de Cadells, y los ñarros* (nyerros) *en las de los ñarros, y los cadels no van a la de los ñarros ni los ñarros a las de los cadels*».[46] El mateix San Pedro es queixa de les preocupacions que li dóna el càrrec: «*No me olvido de la salud y quietud que gozaba en Solsona. Aquí se trabaja, pues a las ocho de la mañana he dicho misa y estoy en Consejo hasta×las onze y hasta pasadas las doze doy Audiéncia pública a todos, y de las dos hasta las onze de la noche estoy expuesto a oyr y despachar negocios sin divertirme de otra cosa».*[47]

Les quadrilles més importants són, ara, la dels Margarits —greument desfeta en finalitzar l'any 1627— i la de Joan Sala Serrallonga, que continuà preocupant fins a la captura d'aquest a finals de 1633. Vegeu la lletra que, amb aquest motiu, va escriure al rei el duc de Cardona, llavors virrei del principat, el 19 de gener de 1634: «*Cuando volví a servir a V. M. en este govierno entendí que Juan Sala Serrallonga se hallava en este principado y que en los bosques de Carós, con sólo su amiga, estaba retirado, saliendo a urtar a algunos. Y deseando perder este ladrón y que quedase esta tierra libre de sus robos y insultos, envié a la veguería de Vique al doctor Miguel Juan Margarola, uno de los oydores de la Tercera Sala desta Audiencia, para que procurase echarle de allí. Dio tan buen cobro de ello, que le obligó a dejar los bosques de Carós y pasarse a los de Santa Coloma de Farnés y Anglés, adonde un comisario a quien encomendé en secreto su prisión (ofreciéndole se le pagaría el premio, como se hizo), la executó con la de su amiga, y a los dos trageron a estas cárceles, y después de tomado su dicho y aberiguado sus valedores, se condenó a muerte y el lunes passado se executó, con que queda esta provincia sin cabeça de quadrilla. Hame pareçido dar qüenta a V. M., cuya cathólica persona guarde Dios como la christiandad ha menester*». Al marge del document, de mà del rei, hi ha un «*Dénsele las gracias*».[48]

La crisi política, abans esmentada, es polaritza durant aquests anys a les Corts de Barcelona de 1626, amb l'assistència de Felip IV i del comte-duc. Hem de fer, abans, una breu menció dels projectes d'aquest darrer. Segons Elliott, Olivares aspirava a transformar el conjunt mal soldat de l'imperi hispànic en un organisme polític perfectament integrat, en què la castellanització pel que fa referència a les lleis anés acompanyada per una descastellanització en els càrrecs. Per aquest camí va plantejar-se la primera dificultat: la noblesa castellana, capitanejada pel duc d'Alcalà, que fou el darrer virrei de Felip III al principat, no estava disposada a renunciar a un monopoli que li proporcionava grans beneficis en els virregnats i ambaixades arreu del món. De totes maneres, foren fets alguns passos per aquest camí pel que fa referència als valencians i aragonesos a les Corts de 1626. Olivares va proposar una «unió d'armes», és a dir, una cooperació estreta de caràcter militar entre tots els regnes de la monarquía, que fou rebutjada. A canvi que els aragonesos i valencians fossin recordats en la provisió de càrrecs de la casa reial i de l'imperi, va atènyer una ajuda econòmica apreciable.

Les Corts catalanes de 1626, en canvi, van acabar en un fracàs (cal tenir en compte, com a precedent, els conflictes derivats del nomenament del virrei Sentís (1622), quan encara no havia jurat Felip IV), tant per la manca de flexibilitat d'Olivares com per la profunda crisi de la societat catalana, sobretot l'estament militar. Com escriu Elliott, el fracàs esmentat fou el punt de partida de la rebel·lió de 1640. Abans de les Corts de 1626, el problema català era el de tota la Corona d'Aragó, és a dir, el de com Castella aconseguiria la cooperació econòmica dels regnes no castellans d'Espanya. Però la negativa dels catalans a votar un servei —el rei demanava tres milions de lliures, suposant (així ho creien també els catalans) que el principat tenia un milió d'habitants —els va separar dels aragonesos i valencians. Des de 1626, per tant, el problema de la Corona d'Aragó va convertir-se en el problema específic de Catalunya.[49]

Els virregnats del duc de Feria, el duc de Cardona i el cardenal-infant.— L'onze de juny de 1629 jurà el càrrec de virrei a Barcelona el duc de Feria.[50] Gómez Suárez de Figueroa (1587-1635), tercer duc de Feria i fill del virrei del mateix títol que governà Catalunya els últims anys de Felip II i els primers de Felip III, fou un militar excel·lent, que va distingir-se com a governador de Milà, en les lluites de la Valtelina i en la conquesta de Brisach durant la Guerra dels Trenta Anys. La seva gestió a Catalunya durà poc més d'un any: el 22 d'octubre de 1630 cessà en el càrrec de virrei, car Olivares li havia encomanat importants missions de caràcter militar a Flandes i a Itàlia.[51]

El successor del duc de Feria en el virregnat de Catalunya fou un aristòcrata català, Enric d'Aragó Folc de Cardona i Córdoba, duc de Cardona i de Segorb, que jurà el càrrec el 7 de novembre de 1630.[52] El primer virregnat del duc de Cardona va durar fins al maig de 1632, en què fou substituït pel germà del rei, el famós cardenal-infant don Ferran d'Àustria (1609-1641), vencedor dels suecs a la cèlebre batalla de Nordlingen durant la Guerra dels Trenta Anys. Felip IV decidí de nomenar el seu germà en absentar-se de Barcelona, on havia anat per concloure (1623) les Corts de 1626, a què ens referim més endavant.[53] En cessar el cardenal-infant (13 de maig de 1633), va tornar a jurar el càrrec el duc de Cardona, sis dies després.[54] Aquest segon període de govern del duc de Cardona va perllongar-se fins al gener de 1638, en què demanà llicència al rei per a renunciar al càrrec.[55]

Hem d'estudiar en bloc el curs dels esdeveniments de 1630 a 1638, període durant el qual va accentuar-se la crisi entre el principat i el govern d'Olivares. Pel que fa referència a la situació interna de Catalunya, els anys esmentats són ben tristos i es poden sintetitzar així: pesta, misèria i fam. La pesta féu estralls durant els anys 1629-1631, i, com gairebé sempre, invadí el país per la frontera francesa. Vegeu el que escriu el virrei, duc de Feria, el 10 d'octubre de 1630: «Havem rebuda carta de Sa Magestad en què avisa que alguns francesos serien entrats en Espanya ab intent de sembrar per tota ella la pesta ab pols y altres artificis diabòlich que aporten, com ho han fet en Milà».[56] Quant a la fam i a la misèria, vegeu el que escriu el duc de Cardona pel novembre de 1630: «La falta gran que en tota esta província hi ha de blat ab tanta sterilitat y la poca comoditat que es troba en provehir-la d'altres parts nos té molt cuydadosos».[57] El mateix repeteix cada any, fins al 1637. Heus ací com defineix la situació pel setembre de 1636: «...essent estada la cullita d'aquest any tan curta com se sab, de manera que fàcilment podria recàurer aquest principat en la calamitat y apretura en què es trobà los anys passats».[58]

A partir de 1635 –guerra oberta amb França– la situació es complica per les desercions dels soldats que el rei envia a la frontera des de Castella. Ja el 13 de desembre del mateix 1635, escriu el virrei Cardona: «...molts soldats axí de peu com de cavall que són anats de ordre del rey nostre senyor a Perpinyà y frontera del Rosselló, aprés de haver rebut ses pagues y socorros, van fugint amagadament...».[59] Per la primavera del 1637 torna a insistir: «Per a prevenir y castigar los soldats són arribats de Castella... ab gasto excessiu... fugint de cada dia en gran número...».[60]

Quant a la crisi entre el principat de Catalunya i la monarquia de Felip IV, la gran preocupació d'Olivares, des del fracàs de les Corts de 1626, va consistir a assegurar-se la cooperació dels catalans en homes i diners per la guerra. Ja hem exposat abans el repartiment dels ingressos fiscals del principat entre la monarquia i els organismes representatius del país: la Diputació i el Consell barceloní.[61]

Segons Elliott, el dilema d'Olivares era el següent: considerava la monarquia hispànica com un cos orgànic de què Catalunya formava part integrant, però al mateix temps es veia obligat a actuar sense la cooperació dels catalans. Vegeu la nota del comte-duc al Consell d'Estat l'any 1632, quan es dubtava dels catalans: *«El Conde-Duque entiende que se les hace mucho agravio y que puede V. M. seguramente hacer de aquellos vasallos la misma confianza que de los nacidos en Madrid, y que la diferencia sin causa con que han querido tratar las naciones de España ha sido perjudicialísimo al servicio de V. M. y a la conservación de la misma monarquía y que será su total ruina el permitirlo, sino que en decir españoles se entiende que no hay diferencia desta a aquella nación de las que se comprenden en los límites de España.*[62] Elliott interpreta el document com la més ressonant lliçó donada als ultracastellanistes, capitanejats per l'ex-virrei del principat, el duc d'Alcalà.

Fins a quin punt Olivares era sincer? En tot cas la seva visió idealista de la monarquia hispànica topava amb la negativa dels catalans de deixar-li administrar lliurement llurs recursos. Fins a l'any 1638, la ciutat de Barcelona, guiada per Jeroni de Navel, va demostrar que no estava disposada a secundar les peticions financeres d'Olivares. El fracàs de les Corts de 1632 obrí el camí a una política de força del comte-duc per imposar-se a la ciutat en la lluita sobre els «quints», també sense resultats pràctics.

En declarar-se oficialment la guerra entre Espanya i França l'any 1635, Olivares va veure el cel obert per obligar els catalans a acceptar la «unió d'armes» que havien rebutjat a les Corts de 1626. Llavors el comte-duc va parlar de la gran ajuda que Catalunya podia donar *«viéndose interesada, que hasta ahora ha parecido que no lo está, en lo universal de la monarquía»*. Segons ell, havia fracassat la *blandura*, és a dir, la col·laboració financera a les bones, i no hi havia lloc a emprar el «rigor», és a dir, un cop de força que aprofitant un aldarull provocat permetés l'entrada d'un exèrcit que acabés amb els furs catalans. Restava, doncs, un camí: envair França per la frontera de Catalunya, per obligar els catalans a carregar amb llur porció en les responsabilitats de la monarquia. Però el pla d'Olivares de portar la guerra a les fronteres de Catalunya va desembocar, com tants d'altres d'aquell gran teoritzant, en el desastre més complet. La campanya de Leucata de 1637 i la invasió francesa de 1639 foren les causes immediates de la revolta catalana. Coincidint amb el nomenament del comte de Santa Coloma com a virrei, va tenir lloc, com veurem, un desplaçament de forces, dins la Generalitat, de la burgesia barcelonina a la noblesa pirinenca. L'efervescència al camp, motivada pels allotjaments i la pressió francesa, faran la resta.[63]

El comte de Santa Coloma i Pau Claris.— El 4 d'agost de 1637, en dirigir-se el duc de Cardona cap al Rosselló amb motiu de la guerra amb França, nomenà substitut seu en el càrrec de virrei el comte de Santa Coloma.[64] Ja hem dit que, pel gener de 1638, Cardona va demanar el relleu. El nomenament de successor va recaure en la persona que ja exercia interinament el càrrec, és a dir, Dalmau de Queralt i Codina, comte de Santa Coloma, que prestà jurament el 13 de febrer de 1638,[65] per a morir en la jornada del Corpus de Sang de 1640. Uns mesos després —22 de juliol, festa de Santa Magdalena—, era extret com a diputat del braç eclesiàstic i, per tant, com a president de la Generalitat, Pau Claris, canonge d'Urgell.[66] En l'escena política catalana, el comte de Santa Coloma representa la reverència incondicional davant les directrius del govern central, considerant que tota exposició objectiva de problemes podria motivar la qualificació de sospitós i, per tant, perdre la confiança dels ministres de Madrid; Claris, en canvi, personificava l'actitud radicalment contrària. Ambdós nascuts a Barcelona, el primer encarnava l'esperit de la gran aristocràcia, estretament vinculada amb la monarquia dels Habsburgs, i el segon, l'actitud rebel de la petita noblesa, que arreu d'Europa va jugar un paper important en les crisis de 1640. En examinar la mentalitat de l'estament eclesiàstic,[67] hem dit que la carrera política de Pau Claris va desenrotllar-se al servei dels interessos dels capítols de canonges, elements d'oposició a la monarquia en gran part pel fet que els bisbes defensaven els punts de vista de la reialesa. Claris pertanyia a una noble família originària de Berga i nasqué a Barcelona a primers de gener de 1586. Fou batejat a la parròquia dels Sants Just i Pastor el 9 de gener de l'any esmentat. Canonge d'Urgell (1612), representà el capítol de les Corts Catalanes de 1626 i els concilis provincials de Tarragona de 1630 i 1637, i l'any 1638 fou extret diputat eclesiàstic i president de la Generalitat.[68] En aquest càrrec, com veurem, l'actitud oposicionista de Claris com a canonge, s'hi afegí la representació dels interessos del món de la petita noblesa del Pirineu, com a resultat del canvi polític de 1638.

La guerra amb França va plantejar la qüestió dels allotjaments, que en el pensament d'Olivares eren la contribució de Catalunya al sosteniment de les tropes que acudien a defensar-la dels francesos. No es tractava, ja, dels allotjaments d'acord amb les Constitucions, sinó del sosteniment total de l,exèrcit. Això va provocar la rebel·lió dels camperols, fins llavors al marge de la disputa, i la rèplica dels terços de Juan de Arce i d'altres, amb escenes de dramatisme que ha recollit la Història[69] —Riudarenes, Santa Coloma de Farners, Palautordera—, a les quals la documentació que hem manejat permetria d'afegir molts detalls més.[70] La revolta dels camperols, en aguditzar la situació, va provocar un desplaçament de forces a Madrid, d'Olivares als «ultres», com el cardenal Borja i el protonotari Jerónimo de Villanueva, desitjosos d'aprofitar els esdeveniments per acabar d'una vegada amb la resistència de les institucions catalanes. Olivares, en canvi, convençut que no hi havia més que un alçament camperol, procurà guanyar-se l'ajuda de les classes conservadores del principat. El nou viratge del comte-duc cap a la *blandura* no donà cap resultat pràctic, ja que el canvi de forces polítiques de Catalunya en el bienni 1638-1640 havia donat el control de les decisions supremes a la noblesa pirinenca, disposada, contra el parer de la burgesia litoral, a cremar les naus en les seves relacions amb el govern de Madrid. Aquest significat va tenir l'extracció de Claris i de Tamarit com a diputats i l'actitud de la Generalitat, imposada per ambdós, contrària a la prohibició d'entrada de mercaderies franceses, decretada pel govern de Madrid i, naturalment, benvista per la burgesia litoral, partidària d'un proteccionisme de fet. La topada definitiva no va produir-se entre l'oligarquia barcelonina, dirigida per Jeroni de Navel, i el comte-duc, sinó entre la noblesa pirinenca i els «ultres» de la Cort de Felip IV. La revolta dels pagesos va transformar-se en la revolució catalana —repetim, contra els desigs de Barcelona— gràcies a la formació d'un eix polític entre la Diputació, els barons de la frontera i la França del cardenal Richelieu.[71] D'organitzar l'aliança amb França, va encarregar-se'n Francesc de Vilaplana, nebot de Pau Claris, que havia estat desterrat a l'Àfrica per un assassinat comès l'any 1620, pena commutada pel servei militar a Flandes. Després d'haver passat part dels anys 1638 i 1639 agitant la zona pirinenca amb Ramon Xammar, el seu oncle, Claris, va nomenar-lo sergent major de l'exèrcit de la Diputació a la campanya de Salses, i després, duaner de Perpinyà, és a dir, amo i senyor del comerç i del contraban amb França. Segons Elliott, el cas Vilaplana fou molt corrent entre els revolucionaris catalans de 1640.[72]

El Corpus de Sang i els esdeveniments immediats.— La revolta dels camperols, gairebé general pel mes de maig de 1640, i la seva transformació en la revolució catalana van conèixer el seu punt culminant amb motiu de la jornada barcelonina del Corpus de 1640 (7 de juny), amb l'entrada habitual dels segadors a la ciutat. És tan errònia la descripció de Melo amb la «degollina de castellans»[73] com la pintura idealista dels autors que han vist en aquella jornada un alçament patriòtic.[74] Fou la diada en què els elements revolucionaris van començar a imposar llurs punts de vista i la que simbolitza el desencadenament del terrorisme contra l'alta burgesia i la major part de l'aristocràcia.

A les roques de Sant Bertran, quan, fugitiu de les turbes que atacaven les Drassanes, pretenia arribar a una galera genovesa, morí el comte de Santa Coloma. El nou virrei, duc de Cardona, que ja havia exercit dues vegades el càrrec, intentà, amb la carta blanca donada per Olivares, restablir l'ordre; però si d'un costat, tenint en compte l'actitud de la Generalitat, era gairebé impossible d'aturar el moviment revolucionari, de l'altre –Madrid– ho era també d'acceptar la condició exigida pels catalans moderats: la retirada de l'exèrcit, no solament per raons de prestigi, sinó per imperatius estratègics. El raonament d'Olivares era que si Catalunya, durant la campanya de Salses, no havia proporcionat més que 12.000 homes, el rei no podia cometre la imprudència de retirar les tropes i deixar que els catalans s'encarreguessin de resistir els francesos. En definitiva, el comte-duc no estava disposat a deixar la seguretat peninsular a mans dels catalans. La mort del duc de Cardona –22 de juliol– deixà orfe el principat de la persona que encara podia deturar el curs dels esdeveniments. La revolta immediata de Tortosa, que des del mes de juny substituïa Barcelona com a port d'embarcament cap a Itàlia, precipità els aconteixements. El 31 de juliol, Olivares, de mala gana, va prendre la decisió de reduir per la força els catalans.[75] Dos dies abans, el rei havia comunicat als consellers de Barcelona el nomenament com a virrei del bisbe García Gil Manrique, que jurà el càrrec el 3 d'agost.[76] Fracassat l'intent de constituir una República catalana independent –que durà set dies, del 17 al 23 de gener de 1641–, en la data darrerament citada Claris va proposar a la Junta dels Braços generals del principat la idea, que fou acceptada, de proclamar el rei de França Lluís XIII comte de Barcelona. Tres dies després, catalans i francesos guanyaren a les tropes de Felip IV la batalla de Montjuïc.[77]

Catalunya, camp de batalla entre Espanya i França.– En els dotze anys transcorreguts entre 1641 i 1652, Catalunya visqué enmig d'una guerra civil i, al mateix temps, fou un dels escenaris de la Guerra dels Trenta Anys i de la lluita posterior hispanofrancesa, que no va cessar fins al tractat dels Pirineus de 1659, set anys després de la reincorporació del principat a la monarquia espanyola.[78] Durant el temps esmentat, la major part de Catalunya estigué en poder dels francesos. Lluís XIII i després Lluís XIV van nomenar virreis, mentre conspicus personatges –Du Plessis Besançon, Pere de Marca– procuraven assegurar els beneficis que l'alçament català havia produït a la causa borbònica. Els virreis nomenats pels monarques francesos foren el mariscal de Bressé (1641-1642), el mariscal de la Motte Hodencour (1642-1645), el comte d'Harcourt, Enric de Lorena (1645-1647), el príncep de Condé (1647-1648), el cardenal Miquel Mazarí, germà del famós ministre de la regència de Lluís XIV (1648), el mariscal Schomberg (1648-1650), el duc de Vendôme

(1650-1651), el duc d'Elbeuf (1651) i el mariscal de la Motte (1651-1652).[79] Per la seva banda, Felip IV nomenà virreis els caps de l'exèrcit encarregat de la reconquesta de Catalunya: els Vélez, Colona, Hinojosa, Cardona, Cantelmo, Aitona, Olias i Joan d'Àustria.[80] Al cap de dos anys de començada la guerra havien desaparegut de l'escena els tres protagonistes principals: Claris, mort a Barcelona el 27 de febrer de 1641; Richelieu, mort el 4 de desembre de 1642, i Olivares, que abandonà el poder el 17 de gener de 1643.

Com escriu Soldevila, el total descabdellament de la guerra va girar al volt de la possessió de tres places principals: Tarragona al Sud, Perpinyà al Nord i Lleida a Ponent. Tots els esforços francesos contra Tarragona van estavellar-se, malgrat que constituïa, sobretot al començament de la guerra, llur objectiu cabdal.[81] Perpinyà va caure en poder de Lluís XIII el 29 d'agost de 1642, i Felip IV féu la seva entrada victoriosa a Lleida el 31 de juliol de 1644. Un cop entrat a la plaça, va jurar als lleidatans de servar-los inviolablement els Usatges de Barcelona, les Constitucions de Catalunya, els Capítols i les Actes de Cort i tots llurs privilegis i immunitats. «Aquest jurament, la llibertat que va donar a molts presoners amb llicència de tornar a llurs cases, frases falagueres que va pronunciar, perquè se'n propagués l'eco per tot Catalunya, no deixaren de produir llur efecte sedant».[82] Això, naturalment, era contrarestat per la propaganda contrària.

Mentre els allotjaments de tropes franceses motivaven els naturals conflictes amb la població civil i el govern altiu dels enviats borbònics despertava les suspicàcies catalanes, el desencadenament de la crisi francesa durant la minoritat de Lluís XIV —la Fronda— afavorí en gran manera la causa de Felip IV. A partir de l,any 1650, les armes espanyoles avançaren endins de Catalunya pel Sud i per Ponent, fins a posar-se damunt Barcelona per l'agost de l'any següent. L'expugnació de la ciutat pels exèrcits comandats pel marquès d'Olias i de Mortara, i Joan d'Àustria, va durar encara més d'un any, però, entre tant, la causa de Felip IV feia ràpids progressos arreu del país. La Diputació que actuava a Manresa va acordar de tornar a l'obediència del rei, mentre el Consell barceloní va decidir de parlamentar. En definitiva —3 de gener de 1653—, fou pactat un perdó i oblit general dels fets passats i la conservació de les Constitucions i els Privilegis de Catalunya.[83]

Així finalitzà la trajectòria de la revolució catalana, amb un nou desplaçament del centre de gravetat política del país, inversament al sentit en què s'havia desencadenat la lluita, és a dir, de la noblesa pirinenca a la burgesia litoral. Com ja hem dit en fer la presentació d'aquest període, la versió hispànica de la crisi europea de 1640 no es va resoldre amb el triomf de l'absolutisme monàrquic, sinó que desembocà en un nou statu quo, en un ajornament del plet, que no es resoldria fins a la Nova Planta de Felip V, després d'una altra guerra civil involucrada, també, en un conflicte internacional.

Els darrers virreis de Felip IV

El darrer virrei nominal de Felip IV a Catalunya, que va transformar-se en efectiu després de l'entrada de l'exèrcit comandat per Joan d'Àustria a Barcelona el 13 d'octubre de 1652, fou el marquès d'Olias i Mortara, Francisco de Orozco i Ribera, que va cessar un mes després de l'aprovació per Felip IV de les capitulacions en virtut de les quals va efectuar-se la reincorporació de Catalunya a la monarquia espanyola. En efecte, a primers de febrer de 1653 el rei decidí de nomenar lloctinent i capità general a Catalunya el seu fill natural, Joan d'Àustria, que havia menat, amb èxit, les negociacions que acabarien amb la reincorporació esmentada, i que tantes amistats es guanyaria entre els catalans, les quals l'ajudarien, després, a desenrotllar els seus plans polítics durant el regnat de Carles II. El virregnat català de Joan d'Àustria va durar del 15 de febrer de 1653, data del seu jurament a la Seu, fins al 2 de març de 1656, en què s'acomiadà del país per anar a prendre possessió del govern de Flandes.[84]

Com a successor de Joan d'Àustria, Felip IV nomenà virrei de Catalunya el marquès d'Olias i Mortara, que exercí el càrrec del 3 de maig de 1656 fins al gener de 1663.[85] Ara va ocupar la vacant un altre personatge il·lustre: Francisco de Moura y Cortarreal, d'ascendència portugesa, tercer marquès de Castel-Rodrigo i gentilhome de Felip IV (1.er de febrer de 1663 – 26 de gener de 1664).[86] El darrer virrei de Felip IV a Catalunya fou un italià, Vicente de Gonzaga y Doria, germà del duc de Guastala, que governà el principat del 12 de febrer de 1664 al 28 de maig de 1667 i, per tant, entrada ja la regència de Marianna d'Àustria, durant la minoria de Carles II.[87]

Joan d'Àustria: el govern dels catalans.— Un personatge de sang reial, Joan d'Àustria, va presidir, amb habilitat innegable, la reconciliació de Catalunya amb la monarquia de Felip IV, que obriria el pas a la intervenció catalana en els afers de l'Espanya de Carles II. Fill de Felip IV i de l'actriu Maria Calderón, coneguda per «la Calderona», Joan d'Àustria nasqué a Madrid el 7 d'abril de 1629 i morí a la mateixa ciutat el 17 de setembre de 1679. Intel·ligent i despert, fou nomenat pel seu pare prior de San Juan amb residència a Consuegra (1642) i, tres anys després, governador de Flandes, càrrec de què no arribà a prendre possessió. El 1647 li fou concedit el títol de *«príncep de la mar»*, amb el comandament suprem de l'armada espanyola, i, després d'haver contribuït a la pacificació de Nàpols —revolta de Masaniello—, exercí el càrrec de virrei de Sicília. En tornar d'Itàlia, ocupà el virregnat de Catalunya i després el govern de Flandes i el comandament de l'exèrcit de Portugal, on va experimentar un greu fracàs. Distanciat posteriorment del seu pare, en negar-se el rei a concedir-li el títol d'infant, ocupà després un lloc de primer ordre durant la regència de Marianna d'Àustria i el regnat de Carles II. L'any 1668 protagonitzà un cop d'Estat, des de Catalunya, contra el primer ministre de la regent, el jesuïta austríac Nitard, però de moment no aconseguí el poder. Considerat després pel messianisme de l'època com una mena de salvador d'Espanya, fou nomenat primer ministre el 27 de desembre de 1676, càrrec que exercí fins que el va sorprendre la mort, el 17 de setembre de 1679.[88]

Ja hem dit que Joan d'Àustria governà Catalunya del 15 de febrer de 1653 al 2 de març de 1656, és a dir, durant un trienni. A ell va pertocar, doncs, la responsabilitat de presidir la reincorporació del principat a la monarquia hispànica quan encara continuava la guerra amb França i aquesta disposava, dins de Catalunya, de nombrosos partidaris, que van mantenir un estat d'efervescència a la muntanya: les partides de miquelets. El joc de la muntanya i el mar,[89] del món de cavallers pirinencs i de la burguesia litoral, el predomini respectiu de la qual en el cos polític del principat fou importantíssim pel que es refereix a l'actitud envers Castella, va manifestar-se novament.

Joan d'Àustria va governar Catalunya amb un equip de conspicus catalans, acabdillat pel regent de la Cancelleria, Josep Romeu de Ferrer, i el regent de la Tresoreria, Miquel Salvà de Vallgornera.[90] Tindrem ocasió de parlar d'ambdós personatges en fer l'estudi de les negociacions per a l'aplicació del tractat dels Pirineus.

Abans hem dit que el règim autònom de Catalunya va romandre en peu després de la tremenda convulsió revolucionària. En definitiva, per qüestió de prestigi només el rei es reservava el dret de tenir guarnició a Barcelona durant el temps que jutgés oportú, el dret a insacular, també durant un cert temps, les persones que hi havien d'exercir els oficis del govern de la ciutat;

denegava el dret de cobertura dels consellers i confirmava el conseller sisè, menestral, creat durant la revolta.[91] La mateixa qüestió de prestigi explica la terminologia del rei: «*Por quanto en la concesión que hize de las Constituciones y privilegios de ese principado...*».[92]

Joan d'Àustria va emprendre una política decidida d'atracció dels catalans, particularment dels que considerava més afectes, en línies generals, la burgesia litoral. Però la guerra civil havia provocat, des de 1640, la divisió del país entre afectes i desafectes, amb les represàlies conseqüents en les persones i en els béns —confiscacions als adversaris i adjudicacions als amics. És natural que, continuant la guerra amb França i sense haver-se resolt la guerra civil a la muntanya, el virrei es preocupés que el govern dels pobles i ciutats estigués a mans de persones «idòneas, hàbils y, en particular, que sien de les més afectes al servey de Sa Magestad».[93] Joan d'Àustria va aprofitar totes les ocasions oportunes per a recordar «lo entranyable amor que Sa Magestat té als cathalans», va procurar resoldre la qüestió dels allotjaments, «per evitar los treballs y excessos que de sa naturalesa causen»,[94] i va demanar a l'estament eclesiàstic que cooperés en l'obra de captació política, segons hem exposat en estudiar la mentalitat dels clergues.[95]

La continuació de la guerra amb França facilitava, naturalment, les activitats dels catalans que es van mantenir irreductibles. Ambdós factors i lògics aliats van preocupar molt Joan d'Àustria. Vegeu el que escriu el 18 de juliol de 1653 a «diversis universitatibus»: «Havem tinguda notícia que de moltes universitats de aqueixa província se aporten bastiments y viures a l'exèrcit del enemich, lo que a més de ser prohibit per crides reals sots graves penes... és gran deservey a Sa Magestat y dany de la mateixa província y ocasiona que lo enemich se entretingue en ella...»[96] Uns dies després insisteix: «Havem tingut notícia que en nom del governador de les armes de l'exèrcit del rey de França, se han enviat algunes cartes dirigides a les universitats de aquesta província persuadint-los ab diversos pretextos que presten la obediència a França y se aparten de la deguda a Sa Magestat y que ab ses armes viajen personalment a dit exèrcit y aporten en aquell bastiments y viures; y encara que no crehem que dit governador haja escrit dites cartes per ser los pretextos falsos, sinó que per algunes persones que han faltat a la obligació deguda al Rey, Nostre Senyor, se han enviat, nos ha paregut dir y asegurarvos ab esta, en nom de Sa Magestat, que com a pare verdader és son major desig conservar aquesta província ab tota pau y quietut en sa real obediència, franquejant ab sos naturals moltes gràcies y favors, com ho ha mostrat ab la confirmació de sos privilegis a més de haver-los perdonat los delictes comesos fins lo dia que entraren ses reals armes en Barcelona y ab les mercès que ha fet als catalans que l'han servit, de hont vos podreu prometre altres y majors los que continuareu son real servey y procurareu en la ocasió presént mostrar-vos verdaders vassalls de Sa Magestat, no donant fe a les invencions y embustes dels enemichs...»[97]

El 12 d'agost de 1653, Joan d'Àustria proclama un sometent general contra els francesos que han envaït l'Empordà i assetgen la ciutat de Girona, «devastant y destruint les viles i llochs d'aquella partida y fent moltes y diverses hostilitats».[98] En referir-se a l'atac de Ripoll —desembre del 1654— Joan d'Àustria insisteix sobre la conducta de les tropes franceses, «incendis, estrupos, sacrilegis y altres enormes hostilitats sens perdonar lo sagrat dels temples ni encara lo mateix Sanctíssim Sacrament de l'Altar, ab lo qual en diverses parts han usat execrables abominacions».[99] Però algunes vegades es constata oficialment l'ajuda als francesos. Vegeu el que escriu el príncep als consellers i batlle de Manresa el 28 de desembre de 1654: «Havem tingut notícia que d'aquesta ciutat y terme trauen algunes quantitats de vi y que aporten aquell a l'enemich y axí mateix municions y pertrets de guerra y senyaladament ferradures y claus de ferrar».[100]

Pel juliol de 1653, Joan d'Àustria agraeix la col·laboració de «diversis universitatibus et personis» en la persecució «dels amotinats de les muntanyes».[101] A la primavera següent dóna ordres «sobre la persecució de miquelets que van y vénen desta província en Rosselló, causant grans danys axí al servey de Sa Magestat com a la quietut pública desta província». Els miquelets, «afavorits y acompanyats de Josep Jordi, van desta província a França y al Rosselló y des de allí vénen a exos districtes que confereixen ab persones mal affectes al servey de Sa Magestat».[102] Al mateix temps ordena al tresorer Miquel Salvà de Vallgornera que procedeixi a distribuir els béns confiscats dels catalans desafectes als seus beneficiaris, donant el nom d'uns i altres.[103] El 14 de desembre de 1654, el príncep lamenta els danys que causen els francesos en les parts que ocupen de Catalunya, els quals augmentaran «si no se reprimeixen sos danyats intents ab la oposició universal de tots los naturals y habitants en dits principat y comtats». Tenint en compte que «moltes persones, com són cabos de miquelets y fadrins seus que han seguit y vuy segueixen lo partit de França pendrien les armes contra dits francesos y perseguirien aquells si se'ls concedia perdó d'alguns delictes de què estan impetits y inculpats», Joan d'Àustria, *pro bono pacis*, promet el perdó dels delictes de lesa Majestat als miquelets que tornin llurs armes contra els francesos en el termini de dos mesos.[104] L'èxit d'aquestes mesures no devia ésser afalagador, quan el virrei, després, es va veure obligat a decretar diversos sometents contra els miquelets.[105]

Els anys de guerra havien desorganitzat totalment l'economia catalana i, durant una temporada, van restar tancats la Taula de Canvi i el Banc de Barcelona. Això no obstant, la ciutat féu quantiosos emprèstits al marquès de Mortara i després a Joan d'Àustria. A darrers de març de 1653, aquest convocà els tres braços del principat per a l'estudi de la qüestió dels allotjaments, a què abans ens hem referit. El mitjà d'alleujar la càrrega dels allotjaments consistia en l'encasernament i alimentació dels soldats durant l'hivern. Per a portar a terme aquest projecte es necessitaven 600.000 lliures anuals. Els 50.000 focs del principat i comtats, prescindint del 10 per 100 perquè eren pobres i comptant a raó de vuit rals el mes, donarien anualment 480.000 lliures. Per drets del General, s'hi podrien destinar unes 53.000 lliures, i el Consell de Cent va votar un donatiu de 50.000 lliures l'any, per tres anys. Aquestes mesures encaminades a estalviar a la població la càrrega dels allotjaments demostren que la lliçó dels esdeveniments passats no havia estat inútil.[106]

El virregnat del marquès d'Olias i la pau dels Pirineus.— En cessar Joan d'Àustria per anar a Flandes a fer-se càrrec del govern dels Països Baixos, Felip IV nomenà virrei de Catalunya Francisco Orozco y Ribera, marquès d'Olias i de Mortara, que ja havia ocupat el càrrec en el moment de produir-se la reincorporació del principat a la Corona d'Espanya. El nou virrei prestà jurament el 3 de maig de 1656 i va governar el principat fins al gener de 1663, és a dir, durant set anys.[107]

Mentre s'esforçava per prosseguir la guerra amb França, el nou virrei va continuar la política d'atracció de Joan d'Àustria. Així, per exemple, va ordenar que els afectats pels allotjaments fossin indemnitzats.[108] Uns mesos després d'haver pres possessió del càrrec, amb l'aprovació del General i amb la finalitat d'expellir definitivament els francesos, decretà «una lleva universal en tota esta província, en número de setcens hòmens ab plaça senzilla, sens obligació de fer official algú, socorreguts per les universitats de dit principat a raó de dos reals moneda barcelonesa quiscun dia per cada hu, per temps de tres anys, durant la guerra de Catalunya, sens lo pa de munció, que se'ls donarà per compte de Sa Magestat». Aquests soldats s'ajuntarien a les tropes que mantenien la Generalitat i el Consell de Cent.[109]

El país responia com podia, a pesar que la situació era realment caòtica. Vegeu el següent document del virrei al bisbe de Girona, datat el 15 de febrer de 1662: «Los treballs ab què Nostre Senyor és stat servit afligir a tot aquest principat són estats tan grans per rahó de la guerra tan dilatada, mal contagiós y altres que han patit totes les terres, que nos han obligat a sobreseùrer en les execucions que per part dels acrehedors se instave contra algunes universitats, si estas se ajústan a una honesta concòrdia, fent per sa part tot el que puga, tenint per cert que desta manera se fa lo benefici dels acrehedors, puix ab tantes execucions se impossibilita la administració dels béns de dites universitats y tot lo que hauria de servir per la satisfacció dels acrehedors ve a consumir-se en pagar los gastos, restant sempre major lo deute, y per altre part, essent les quantitats que se són manllevades tan exuberants que sobrepujen de molt als crèdits que los comuns de dites universitats tenen, és cert que si no se imposen alguns redelmes o altres imposicions restan fraudats los acrehedors y no serà alcançat lo fi que es preté; y concedint-se les execucions vénen a despoblar-se tots los llochs, quan se ha de procurar per tots los camins possibles que es tornen a poblar, per lo molt que ve a resultar en mayor servey de Sa Magestat y mayor benefici públich. Y tenint notícia que los acrehedors, vehent en la Real Audiència no poden alcançar la íntegra y prompte execució de sos crèdits, acúdan a les corts eclesiàstiques y de allí emànan mandats ab pena d'excomunicació y altres, ab què ve a restar fraudat lo intent de tornar les universitats poblades y ab tot lo lustre antich, perçò, precehint deliberació del Real Consell, juntes les tres Sales, vos diem y exortem que fassau que en vostre Cort no es fassen semblants execucions, puix és tan conforme al bé públich y al servey de Sa Magestat lo suspendre-las mentres tracten de ajustar-se ab sos acrehedors y fer tot lo que per llur part podran».[110]

La guerra entre Espanya i França durà fins a l'acord provisional del 7 de maig de 1659, en què van recollir-se els preliminars signats a Lyon per Mazarí i Antoni Pimentel de Prado el 25 de novembre de l'any anterior. L'acord definitiu, conegut amb el nom de tractat dels Pirineus, va lograr-se en les 24 conferències celebrades en el Bidasoa, a l'illa dels Faisans, del 13 d'agost al 7 de novembre de 1659, pels primers ministres d'ambdós països: el cardenal Mazarí i Luis de Haro. En un altre lloc hem estudiat detingudament els problemes que van plantejar-se i els acords que es van prendre.[111] Ací farem només una breu menció a les qüestions que es refereixen a Catalunya.

Ja el 1633, en els primers contactes entre ambdós rivals, el plenipotenciari espanyol, Francisco de Melo, va mostrar-se disposat a renunciar a favor de França al comtat del Rosselló. Els articles 42 i 43 del tractat signat per Mazarí i Luis de Haro disposaven que el Rosselló i el Conflent, a excepció dels llocs situats en el vessant meridional pirinenc, i les parts de la Cerdanya situades en la septentrional, «*quedarían irrevocablemente y para siempre incorporados a la corona de Francia*». Ambdós primers ministres van acordar que una comissió franco-espanyola procediria a la nova delimitació de la frontera, seguint les directrius esmentades. Advertim que la frontera pirinenca, després del tractat de 1659, fou la primera frontera lineal, geomètrica, de la Història, reflectint la influència de l'esperit racionalista i cartesià de l'època.

Per part francesa, els comissaris encarregats de procedir a l'aplicació de l'article 32 foren l'arquebisbe de Toulouse i antic visitador a Catalunya, Pere de Marca, i el bisbe d'Orange, Jacint Serroni. En representació d'Espanya actuaren els dos catalans que hem esmentat en parlar del govern de Joan d'Àustria: Miquel Salvà de Vallgornera i Josep Romeu de Ferrer.

Els quatre comissaris van reunir-se a Ceret, en el convent dels Pares Caputxins, del 22 de març al 13 d'abril de 1660. No pogueren arribar a un acord. En el transcurs de les negociacions —els francesos reclamaven Llançà, la Selva, el monestir de Sant Pere de Roda, etc.— van brillar la petulant erudició d'En Marca, que podem llegir en la seva famosa *Marca Hispànica,* la sinceritat d'En Salvà, «vir severus et tristis vultusque ad gravitatem compositus», segons el mateix Marca; la fina ironia d'En Serroni, deixeble de Mazarí; i l'esperit jovial i bromista d'En Romeu, «ingeniossissimo vino et festivo, utpote dertosensi», com l'anomenà Marca.

Sense haver pogut arribar a un acord, els quatre comissaris van remetre als primers ministres, Mazarí i Haro, les actes de les negociacions, perquè resolguessin la discrepància. El 31 de maig de 1660, novament reunits en el Bidasoa, Mazarí i Haro van signar una declaració sobre l'article 42 del tractat de pau. Aquesta estipulà que els comtats del Rosselló i Conflent passarien del tot a França i el de Cerdanya romandria en poder d'Espanya, a excepció de trenta-tres poblacions de la vall de Querol, en el Capcir. Ambdós plenipotenciaris van encarregar als seus adjunts, Miquel Salvà i Jacint Serroni, la tasca d'escollir aquestes poblacions.

Miquel Salvà de Vallgornera i Jacint Serroni es van reunir a Llívia a darrers de juliol de 1660. Després de moltes dificultats, motivades per la possessió de Llívia, i d'una gestió prop de Mazarí a càrrec de l'ambaixador espanyol a França, comte de Fuensaldaña, va signar-se el tractat del 12 de novembre de 1660, que va delimitar la frontera hispano-francesa a la Cerdanya amb l'erecció de l'enclau espanyol de Llívia. La mutilació de Catalunya pel tractat dels Pirineus fou, en definitiva, el preu pagat per la revolta iniciada l'any 1640. És veritat que la cessió del Rosselló i el Conflent era «il·legal», perquè no la van aprovar ni ratificar les Corts Catalanes, segons disposaven les Constitucions del país. Però arreu d'Europa l'absolutisme monàrquic no es deturava davant de parapets legals de cap mena. La renúncia de Felip IV als esmentats territoris, segons l'article 43 del tractat de pau, va ferse a despit de qualsevol llei, costums, estatus i constitucions que disposessin el contrari, especialment *«aquélla que se quissiere o pudiesse pretender en adelante que la separación indicada fuesse contra las Constituciones del principado de Cataluña y que por eso dicha separación no ha podido ser resuelta ni acordada sin el consentimiento expreso de todos los pueblos congregados en Estados Generales»*.

En el mateix tractat dels Pirineus, els articles 55 a 59 i el 112 van abordar la restitució general de béns i dignitats als desposseïts per desafectes d'ambdues parts, és a dir, als catalans desafectes a Felip IV i als rossellonesos desafectes a França. Els dos reis van reservar-se, però, unes mesures de seguretat contra els que *«no les fueran agradables»*. Aquest problema, junt amb el canvi de sobirania en els territoris afectats, va suscitar moltes qüestions i preocupà durant alguns anys. Les capitulacions fonamentals foren signades a Figueres el 28 d'abril de 1660 pels quatre comissaris que ja coneixem: Marca, Serroni, Salvà i Romeu.

Ni els morts no van escapar-se de la nova ordenació de la frontera. El 7 de juliol de 1665, el virrei de Catalunya, Vicente Gonzaga, va comunicar als abats de Santa Maria de Guerri i de Santa Maria d'Amer, superiors dels monjos claustrals de Sant Benet, que la comissió franco-espanyola havia decidit que «lo cos e los ossos del cos del gloriós Galderich, lo qual antes estava en lo convent de Sant Martí de Canigó, de l'ordre de Sant Benet, en lo comtat de Rosselló i Conflent, y vuy està en lo convent de les religioses de Santa Clara, de la dita ordre de Sant Benet, de la present ciutat de Barcelona, sia restituït al dit convent de Sant Martí de Canigó», és a dir, a França. Efectuarien el lliurament en rebre la reclamació oficial i quedaven autoritzats a quedar-se'n una relíquia.[112]

Els virregnats del marquès de Castel-Rodrigo i de Vicente Gonzaga.— Els darrers virreis de Felip IV a Catalunya foren un aristòcrata portuguès, el marquès de Castel-Rodrigo, i un noble italià, Vicente Gonzaga, germà del duc de Guastala. El marquès de Castel-Rodrigo, Francisco de Moura y Corterreal, fou un portuguès que va romandre fidel al rei d'Espanya després de l'alçament de 1640. Tenia els títols següents: «marquès de Castel-Rodrigo, comte de Luniares, governador y capità general de les illas vulgarment dites Terceres, Sant Jordi, Frajal i el Pico, comendador major de l'Ordre de Cristo, del Consell d'Estat Suprem de Portugal».[113] Ocupà el govern de Catalunya del 1er de febrer de 1663 al 26 de gener de 1664,[114] data en què fou nomenat governador de Flandes. Després de negociar la pau d'Aquisgran de 1668 fou nomenat president dels Consells de Flandes i d'Órdenes i morí el 1675.

Les relacions entre el marquès de Castel-Rodrigo i les autoritats catalanes no van ésser massa cordials, tot i que el rei el va autoritzar expressament, d'acord amb les capitulacions de 1563, a «*sacar y desinsacular de dichas bolsas* —pels càrrecs de la Diputació i del Consell barceloní— *las personas que tuviérades por conveniente*». Les dificultats van plantejar-se per la qüestió de les fortificacions. El rei es reservà Montjuïc i les Drassanes, d'aquestes, part per a caserna i la resta per a continuar la fabricació de galeres, i demanà ajuda als consellers de Barcelona per a les fortificacions de la ciutat i de la frontera. El Consell de Cent, entre altres coses, oferí al rei 25.000 lliures en tres anys, però Castel-Rodrigo considerà gairebé ridícul el donatiu, «*que casi es mostrar su flaqueza a las naciones extranjeras, manifestar poquedad de ánimo en el gobierno presente y dar materia para que otros tienten sobre ella, con aumento de tantos males cuantos ha experimentado en los trabajos pasados...*» Afegia que «*por el decoro de la ciutat le estaría mejor al rey no aceptar, pues a lo menos se ocultara el estado a que la ha reducido el mal gobierno pasado*».[115] El Consell augmentà el donatiu a 50.000 lliures.

El 12 de febrer de 1664 jurà el càrrec de virrei, en substitució del marquès de Castel-Rodrigo, Vicente Gonzaga Doria, general de la Cavalleria de Nàpols, del Consell d'Índies, que acabava de deixar el mateix càrrec a Sardenya. «*Virrey benemérito*», segons l'anomena el duc de Maura, Gonzaga fou un gran amic de Joan d'Àustria i morí l'any 1693, a l'avançada edat de 96 anys. Després de la mort de Felip IV, li fou prorrogat el nomenament de virrei de Catalunya per la regent, Marianna d'Àustria, i ocupà el càrrec fins al 28 de maig de 1667.[116]

Per informar Vicente Gonzaga, José Niño va escriure a Càller una *Descripción de Cataluña*, que es conserva a la Biblioteca Nacional de Madrid. Després de passar revista a les Constitucions i als Privilegis del Principat, Niño advertia *«que es muy diferente el modo de gobierno de reinos y súbditos condicionados y que tienen leyes y capítulos paccionados, en quienes debe excusarse el obrar aquello que despierta disputas y emulaciones sin atender a lo que suele la lisonja dilatar y hacer mayor la mano de los príncipes, y con aquello que la alargan la enflaquecen y más en vasallos de estas calidades, a quienes es menester tratar con alguna conciencia, arte, maña y modo, sufriendo formalidades que, toleradas, no dañan y, negadas, inquietan... Y porque suelen muchas veces los criados y personas que asisten a los príncipes servirles de algún tropiezo en su gobierno... no dejará de prevenirles el modo con que deben portarse con los paisanos y naturales de esa provincia; y, sobre todo, que no recuerden las desdichas y sucesos pasados, pues el lastimar con palabras a los súbditos es más sensible muchas veces que afligirlos con castigos y aún que enmendarlos con injurias, y el peor linaje de agravios, porque eso deja viva la venganza y desespera la queja, aun en la posteridad...»*[117]

Com escriu el Sr. Carrera i Pujal, fos pels consells de Niño o pel seu temperament, el cas és que el govern de Vicente Gonzaga fou encertat i benigne,[118] i s'esvaí la nuvolada que l'altivesa de Castel-Rodrigo havia congriat.

Felip IV i Catalunya.– La síntesi que hem escrit en començar aquest capítol i l'anàlisi minuciosa de la trajectòria de la crisi, en ocupar-nos dels virregnats respectius, ens estalvia de repetir conceptes. Una vegada superada la fase polèmica i substituït el que podríem anomenar historiador-jutge pel que aspira simplement a comprendre, hem procurat exposar l'estat actual de la ciència sobre aquests problemes, que malgrat llur interès excepcional fins fa poc temps no han començat a ésser considerats en tota llur complexitat. En tot cas hò hem fet amb la més absoluta bona fe.

Sobre la plataforma de la societat catalana de l'època i dels projectes d'Olivares, no deixa de sorprendre que en la crisi heretada del regnat de Felip III el comte-duc deixés que les coses s'agreugessin naturalment durant vuit anys, fins al 1629, amb el govern a Catalunya dels bisbes, mancats de condicions polítiques per a afrontar una situació ja gairebé explosiva, i els procediments de *blandura*, els quals topaven massa, d'altra banda, amb la mà de ferro dels darrers virreis de Felip III: Alburquerque i Alcalà. Després, i deixant de banda els períodes ben curts del duc de Feria i del cardenal-infant, l'abisme anà enfondint-se amb el govern dels catalans, el duc de Cardona i el comte de Santa Coloma, sempre desbordats per la marxa dels esdeveniments. El duc de Cardona ha tingut molta més sort davant la Història que el comte de Santa Coloma. ¿Fins a quin punt s'ho mereix realment? Cal tenir en compte que va governar gairebé durant vuit anys, quan, en tot cas, el remei era més fàcil que en l'època del seu successor. El lector pot continuar plantejant-se tots els problemes que cregui convenients. Nosaltres hem de posar fi a les nostres confidències per a fer un breu examen dels esdeveniments posteriors.

Les revolucions catalana i portuguesa van precipitar la derrota dels somnis hegemònics del comte-duc, ratificada, després, pels tractats de Westfàlia i dels Pirineus. Amb la derrota, Castella fou envaïda per la crisi espiritual i el pessimisme, que van impossibilitar-li tota reacció a la resta de la centúria. Ja hem dit que, segons el mòdul europeu, l'esperit de la conjuntura històrica, l'stau quo representat per la reconciliació entre el principat i la monarquia de Felip IV, a base de l'entesa de Joan d'Àustria amb la burgesia litoral —parlant en termes molt generals— no fou una veritable solució de la crisi, sinó un ajornament fins a la Nova Planta de Felip V. La fórmula «Ací no ha passat res» del 1652 només podia ésser viable, amb les naturals adequacions a les noves conjuntures, si s'hagués aplicat a la vegada a Catalunya i a Portugal. El reconeixement de la independència portuguesa la va transformar, des del primer moment, en un simple compàs d'espera.

Notes

1. DACB, VII, 139.
2. DACB, VII, 197 i 229.
3. Carrera, *Historia política y económica,* I, 160.
4. Vegeu capítol primer: La societat.
5. AHB, *Llibre Verd,* IV, fol. 11.
6. Carrera, *Historia,* I, 162-163.
7. ACA. CA. 345.
8. ACA. CA. 345.
9. DACB, IX, 22-23.
10. DACB, VIII, 17.
11. ACA. CA. 345.
12. ACA. CA. 345.
13. DACB, VIII, 22-25.
14. DACB, IX, 202.
15. ACA. CA. 345.
16. ACA. CA. 345.
17. ACA. CA. 345.
18. *Rúbriques Bruniquer,* IV, 317. Vegeu el nostre treball *La expulsión de los moriscos,* «Hispania», LI-LII.
19. Vegeu el nostre treball *La expulsión de los moriscos.*
20. *ACA. Reg. 5189, 192.*
21. *ACA. Reg. 5189, 199; vegeu Soler Terol, Perot Rocaguinarda.*
22. *DACB, IX, 23 i 40.*
23. *ACA. CA. 356.*
24. *ACA. CA. 356.*
25. *ACA. CA. 356.*
26. *ACA. CA. 356.*
27. *ACA. CA. 356.*
28. *L'estudi minuciós del procés general del país ho demostra sense cap mena de dubtes. Aquesta és també l'opinió que ens ha exposat l'amic Elliott.*
29. *Carrera, Historia,* 1, 169.
30. ACA. CA. 358.
31. ACA. CA. 358.
32. DACB, IX, 321-323, i 413.
33. Soldevila, *Historia,* II, 262, basant-se en documents publicats per Soler Terol, *Perot Rocaguinarda,* 420-423.
34. DACB, IX, 413.

35. DACB, X, 155.
36. DACB, XI, 87.
37. DACB, XI, 115.
38. ACA. Reg. 5215, 183.
39. ACA. Reg. 5214, 214, per exemple.
40. ACA. CA. 358.
41. ACA. CA. 358.
42. ACA. CA. 358.
43. ACA. CA. 368.
44. Carrera, *Historia*, I, 183-184.
45. DACB, X, 61, i XI, 82; RB, II, 28 i ss.
46. ACA. CA. 376.
47. ACA. CA. 376.
48. ACA. CA. 389.
49. Elliott, *The Catalan Revolution*, pàg. 12. Vegeu, també, cap. primer, *La societat*.
50. RB, II, 29.
51. DACB, X, 502.
52. RB, II, 28.
53. ACA. Reg. 5521, 239.
54. DACB, XI, 130, i RB, II, 28.
55. DACB, XII, 183.
56. ACA. Reg. 5519, 267.
57. ACA. Reg. 5520, 18.
58. ACA. Reg. 5524, 144.
59. ACA. Reg. 5524, 79.
60. ACA. Reg. 5525, 80 i 107.
61. Vegeu capítol tercer, *Les institucions polítiques*.
62. Elliott, *The Catalan Revolution*, pàg. 13.
63. Elliott, *The Catalan Revolution*, pàg. 17 i ss.
64. ACA. Reg. 5526, 60.
65. RB., II, 29.
66. DACB, XII, 217.
67. Vegeu capítol primer, *La societat*.
68. Rovira Virgili, A., *Pau Claris*. Barcelona 1922, pàg. 9.
69. Vegeu, per exemple, Soldevila, *Història*, II, 269 i ss.
70. Vegeu, per exemple, el Reg. 5527 de l'Arxiu de la Corona d'Aragó.
71. Elliott, *The Catalan Revolution*, pàg. 17 i ss.
72. Elliott, *The Catalan Revolution*, pàg. 20.
73. *Guerra de Cataluña*. Edició de la Real Academia Española, 1912.
74. Rovira Virgili, *El Corpus de Sang*, Barcelona 1932. És molt interessant el testimoni del rector del Col·legi dels Jesuïtes de Barcelona, P. Esteva Fenoll, al provincial de la Corona d'Aragó, P. Pere Pons, Vegeu Batllori, Miquel, S. I., *Un nuevo testimonio del Corpus de Sang*. AST, XII, 1949, pàgs. 51-53.
75. Elliott, *The Catalan Revolution*, pàg. 24.
76. DACB, XII, 519.
77. Rovira Virgili, *Pau Claris*, pàg. 41.
78. Sanabre, Josep, *La guerra «dels Segadors» en el Ampurdán y la actuación de la Casa Condal de Perelada*. Ediciones Biblioteca de Perelada, 1955. És un avenç del tan esperat treball de l'autor sobre els esdeveniments de 1640 a 1652.
79. DACB, XIII, 69 i 187; XIV, 80, 229, 281, 297, 301; XV, 30, 175 i 215.

80. Soldevila, *Història,* II, 318.
81. Soldevila, *Història,* II, 321.
82. Soldevila, *Història,* II, 322.
83. Soldevila, *Història,* II, 332 i ss., i les seves referències, particularment DACB, XV, 336-346 i apèndix XLVII-L, i DACB, XVI, 4, 9, 13-26, 33-43.
84. DACB, XVI, 50 i 303.
85. DACB, XVI, 315 i XVII, 239.
86. DACB, XVII, 239 i 284.
87. DACB, XVII, 289 i 493.
88. Vegeu Maura, *Vida y reinado de Carlos II,* Madrid 1942.
89. Vicens Vives, *Notícia de Catalunya,* pàg. 22 i ss.
90. ACA. Reg. 5528, fol. 11, per exemple.
91. Soldevila, *Història,* II, 333.
92. ACA. Reg. 5529, 9-18.
93. ACA. Reg. 5528, 18.
94. ACA. Reg. 5528, 35-36.
95. Vegeu capítol primer, *La societat.*
96. ACA. Reg. 5528, 51.
97. ACA. Reg. 5528, 52.
98. ACA. Reg. 5528, 55 i 271.
99. ACA. Reg. 5528, 226.
100. ACA. Reg. 5528, 222.
101. ACA. Reg. 5528, 50.
102. ACA. Reg. 5528, 126-127.
103. ACA. Reg. 5528, 130, 135 i 138.
104. ACA. Reg. 5528, 230.
105. ACA. Reg. 5528, 274.
106. Carrera, *Història,* I, 235 i ss.
107. DACB, XVI, 315 i XVII, 239.
108. ACA. Reg. 5529, 263-264.
109. ACA. Reg. 5529, 136.
110. ACA. Reg. 5530, 270.
111. *El tratado de los Pirineos de 1659,* «Hispania», XLII.
112. Hem resumit el nostre treball esmentat a la nota 111.
113. ACA. Reg. 5531, 70.
114. DACB, XVII, 239-284.
115. Carrera, *Historia,* I, 243-244.
116. DACB, XVII, 289 i 493.
117. Carrera, *Historia,* I, 244-245.
118. Carrera, *Historia,* I, 244-245.

El neoforalisme de l'època de Carles II

El fracàs del programa d'Olivares encaminat a resoldre, segons el mòdul cartesià de l'època, el problema constitucional de la monarquia hispànica, va deixar les coses com estaven, en espera d'una nova conjuntura que permetés un nou intent. El pessimisme de Castella a conseqüència de la derrota militar i de la crisi espiritual de mitjan segle XVII féu que la seva tendència hegemònica, estretament vinculada a l'afirmació de la monarquia absoluta, entrés en un període d'estancament, que a la vegada condicionaria un fenomen lògic: l'assaig d'una estructura peninsular neoforalista, com a representativa de la col·laboració entre un centre esgotat i decadent i una perifèria que començava a desenrotllar-se i que, per contrast amb el primer, semblava més florent que en realitat no era. El fenomen que acabem d'apuntar, el posen de relleu dos fets indiscutibles: l'un demogràfic i l'altre econòmic. Pel que fa referència al primer, a la segona meitat del segle XVII va començar a dibuixar-se la transformació fonamental de la demografia peninsular dels temps moderns, amb la pèrdua del paper hegemònic del centre en benefici de la perifèria. Quant al segon, com demostrarem amb xifres més endavant, també es pot constatar un fort contrast entre la decadència econòmica de Castella i la recuperació de Catalunya. Com hem dit en fer l'estudi de síntesi de l'economia catalana durant els Àustries, el període crític de la primera meitat del segle XVII fou condicionat, com a causa local més important, per l'expansió francesa, amb un lliurecanvisme de fet que sancionaria el tractat dels Pirineus de 1659. En canvi, el procés de recuperació durant les guerres imperialistes de Lluís XIV fou, en gran part, una conseqüència del proteccionisme que imposà l'estat de guerra gairebé continu entre Espanya i França.

El neoforalisme de l'època de Carles II obrirà el camí a un actiu intervencionisme dels catalans en la vida política espanyola, particularment pel que fa referència a les temptatives reformistes de finals del segle XVII.

Els virreis de Carles II

Durant el regnat de Carles II (1665-1700) van succeir-se a Catalunya disset virreis, els quatre primers durant la regència de Marianna d'Àustria (1665-1675) i els tretze restants durant la major edat del rei (1675-1700). En donem a continuació la llista completa: Vicente Gonzaga (1665-1667); el duc d'Osuna, Gaspar Téllez-Girón Gómez de Sandoval y Enríquez de Ribera (1667-1669); el duc de Sessa i de Baena, Francisco Fernández de Córdoba, Cardona y Aragón (1669-1673); el duc de San Germán, Francisco de Tutavila (1673-1675); el marquès de Cerralbo, Juan Antonio Pacheco Osorio (1675-1676); el príncep de Parma, Alexandre Farnesi (1676-1677); el comte de Monterrey, Juan Domingo de Zúñiga y Fonseca (1677-1678); el marquès de Leganés, Diego Felipe de Guzmán (1678); Alejandro de Bournonville, príncep i duc del mateix nom (1678-1684); el marquès de Leganés, per segona vegada (1684-1688); el comte de Melgar, Juan Tomás Enríquez de Cabrera (1688); el duc de Villahermosa, Carlos de Gurrea Aragón y Borja (1688-1690); el duc de Medinasidònia, Juan Claros Alfonso Pérez de Guzmán el Bueno (1690-1693); el duc d'Escalona, Juan Manuel Fernández Pacheco Cabrera y Bobadilla (1693-1694); el marquès de Gastañaga, Francisco Antonio de Agurto (1694-1696); Francisco Antonio Fernández de Velasco y Tovar (1696-1697); i el landgrave de Hesse, Jordi de Darmstadt (1698-1702).[1]

Gairebé tots ells pertanyen a la gran aristocràcia castellana i, fins a l'any 1679, solen ésser amics personals de Joan d'Àustria, amb alguna excepció, com la del príncep de Parma. Entre els membres de la gran aristocràcia, la Cort envia a Catalunya, en general, persones amb una certa experiència militar, encara que, a l'hora de la veritat, molts fracassin estrepitosament. Aquesta selecció, la feia indispensable el fet dels llargs períodes de guerra hispano-francesa durant l'època que estudiem (1667-1668; 1673-1678; 1684; 1689-1697), que naturalment convertien Catalunya en escut d'Espanya contra les envestides dels exèrcits de Lluís XIV.

Si en vida de Joan d'Austria els virreis de Catalunya foren, en general, amics personals seus, després abunden els inclinats a la Casa d'Àustria, en començar a plantejar-se la qüestió successòria de Carles II. Partidaris declarats de l'arxiduc Carles d'Àustria foren, després, el marquès de Leganés i el comte de Melgar. Sembla que també n'era un simpatitzant el fill natural d'aquest darrer, Velasco, després també virrei de Felip V. Van secundar les maniobres antiborbòniques de la reina Marianna de Neoburg els ducs de Medinasidònia i d'Escalona. El cas de Jordi de Darmstadt no fou, doncs, una excepció.

Els virreis de la Regència: Gonzaga i els ducs d'Osuna, Sessa i San Germán.– Ja coneixem el primer virrei de la Regència, Vicente de Gonzaga Doria, que continuà exercint el càrrec per al qual l'havia nomenat Felip IV un any abans de morir. Confirmat en el mateix càrrec pel nou govern, i sense que en coneguem les causes, consta que el 28 de maig de 1667 va comunicar als consellers de Barcelona que havia obtingut llicència de la reina per a retirar-se a descansar cessant en l'exercici del càrrec.[2] Bon amic de Joan d'Àustria, Gonzaga, virrei benemèrit, com l'anomena el duc de Maura, va deixar un bon record de la seva actuació en el principat.

El successor de Vicente Gonzaga fou un gran personatge de l'aristocràcia espanyola, el duc d'Osuna i d'Uceda, que va jurar el càrrec el 4 d'agost de 1667.[3] Gaspar Téllez-Girón Gómez de Sandoval y Enríquez de Ribera, duc d'Osuna i d'Uceda, marquès de Peñafiel, *Grande* d'Espanya i gentilhome de Felip IV i Carles II, féu la guerra de Portugal i ocupà els governs de Catalunya i del Milanesat. Nomenat després membre dels Consells d'Estat i de Flandes i president del d'Órdenes, morí d'un atac de feridura l'any 1694, en presència del rei Carles II, quan acabava d'obtenir el nomenament de vicari general d'Andalusia. Pel fet d'ésser dues vegades duc (d'Osuna i d'Uceda) es signava, durant el seu virregnat català (1667-1669), *El Duque Duque*.[4]

En desencadenar-se la guerra anomenada de *Devolució* entre Espanya i França –Lluís XIV reclamà els Països Baixos en nom de la seva esposa, Maria Teresa, filla de Felip IV (1667-1668), –el duc d'Osuna es va veure obligat a traslladar-se a la frontera i a insistir demanant ajuda financera a la ciutat de Barcelona, amb les autoritats de la qual mantingué unes relacions poc cordials.[5] L'esdeveniment més important durant el virregnat del duc d'Osuna fou la vinguda de Joan d'Àustria a Catalunya, on va assolir l'ajuda necessària per a donar el cop d'Estat que obligà la regent, Marianna d'Àustria, a destituir del càrrec de primer ministre de la monarquia el seu confessor, el jesuïta alemany Nitard (1669).[6] Nomenat després Joan d'Àustria vicari general dels regnes de la Corona d'Aragó, el duc d'Osuna fou destinat al govern de Milà i substituït en el principat de Catalunya pel duc de Sessa i de Baena, amic de don Joan, el qual jurà el càrrec el 6 de desembre de 1669.[7]

Emparentat amb l'aristocràcia catalana, el nou virrei, Francisco Fernández de Córdoba Cardona y Aragón, duc de Sessa, Loma y Baena, comte de Cabra i marquès de Tabara,[8] i gran almirall de Nàpols, va governar Catalunya en una època de pau, en què comença a manifestar-se el procés de recuperació econòmica, al qual després ens referirem. Cal dir, però, que en concret no coneixem res de l'actuació del duc de Sessa en el principat.

El darrer virrei de la Regència de Marianna d'Àustria a Catalunya fou el duc de San Germán, Francisco de Tutavila, governador, abans, de Sardenya, que jurà el càrrec el 17 d'agost de 1673.[9] Amic també de Joan d'Àustria, el duc de San Germán va tenir una actuació destacada en la nova guerra entre Espanya i França, que va començar el mateix any 1673 i que duraria fins a la pau de Nimega de 1678.

L'oferiment de Lluís XIV de restituir el Rosselló i l'ajut financer i militar per conquerir Portugal, en bescanvi de Flandes, no foren acceptats pel govern espanyol, dirigit llavors pel comte de Peñaranda, Gaspar de Bracamonte. Com escriu Soldevila, si una permuta avantatjosa no va tornar el Rosselló a Catalunya, tampoc no l'hi va tornar l'esforç de les armes: les conspiracions i les revoltes hi foren ofegades en sang. De totes maneres, durant el virregnat del duc de San Germán, sincerament preocupat pel bé del país, va semblar que el Rosselló anava a ésser alliberat. «L'esforç constant dels catalans es va veure menat a l'entusiasme i a la victòria; les tropes reials, tanmateix no gaire nombroses, foren utilitzades amb encert i eficàcia. Fou aleshores que els francesos, després d'haver estat batuts arran de la Muga, van ésser obligats a retirar-se, i fou també aleshores que una ofensiva era empresa amb èxit inicial al Rosselló, on els patriotes o «angelets» atacaven les tropes franceses, especialment els guardes de la sal —encarregats de cobrar el vectigal decretat pel ministre Colbert—, i on acabava d'ésser descoberta una conspiració per alliberar Vilafranca de Conflent. Maurellàs, el Voló, Sant Joan de Pagès, Prats de Molló, Ceret, Arles de Tec, Nyer, la Bastida, Bellaguarda van ésser alliberats. A Maurellàs fou batut el mariscal Schomberg. En Blai de Trinxeria i el batlle de Bassegoda, Lambert Menera, guerrillers, feien incursions memorables pel Rosselló, d'on els francesos havien anat fins a foragitar les dones dels «angelets». Però, havent esclatat, suscitada pels francesos, una revolució a Sicília, calgué enviar-hi tropes, i el govern les va treure de les que tenia a Catalunya. El duc de San Germán hagué de desistir de la seva ofensiva al Rosselló i passar aviat a la defensiva dins Catalunya».[10]

Els primers virreis de Carles II: Cerralbo, Parma, Monterrey i Leganés.— Durant els tres anys compresos entre la cessació del duc de San Germán i la pau de Nimega amb França (1675-1678) van succeir-se els quatre virreis esmentats en el principat de Catalunya, prova evident que les operacions militars no es desenrotllaven amb èxit.

El 4 de novembre de 1675, dos dies abans que Carles II complís els catorze anys i entrés, per tant, en la seva majoria d'edat, va jurar el càrrec el virrei a la Seu el marquès de Cerralbo i de San Leonardo, Joan Antonio Pacheco Osorio Toledo y de la Cueva, gran amic de Joan d'Àustria.[11] Incapaç de resistir les envestides franceses per l'Empordà i la Cerdanya, Cerralbo fou substituït per un militar expert, el príncep de Parma, Alexàndre Farnesi, general de la cavalleria espanyola, que jurà el càrrec el 7 d'agost de 1676.[12] Advertim que des del moment que el rei va entrar en la seva majoria d'edat, no era legal el jurament dels virreis, ja que prèviament havia de jurar el monarca. Però Carles II, per diverses circumstàncies, no va poder complir mai els seus deures constitucionals envers els catalans. A poc a poc, la dificultat legal esmentada s'obvià per ella mateixa.

El príncep de Parma va acudir a l'Empordà a combatre els francesos i féu àdhuc una incursió per les terres rosselloneses.[13] En aquell moment fou destituït pel nou primer ministre de la monarquia, Joan d'Àustria, amo d'Espanya de 1677 fins a la seva mort, dos anys després. L'arribada d'aquest al poder fou celebrada amb un tedèum a la Seu i grans festes a Barcelona. La Diputació i el Consell de Cent enviaren a Saragossa, on hi havia el rei i don Joan per celebrar Corts, un ambaixador per a demanar que Carles II anés fins a Barcelona. La resposta fou afalagadora per als catalans; però com ja hem dit abans, el viatge reial a Catalunya mai no va tenir lloc.[14]

Com a substitut del príncep de Parma, Joan d'Àustria va enviar a Catalunya, com a virrei, el comte de Monterrey, amic personal seu i fill de Luis de Haro, que en vida de Felip IV fou el successor d'Olivares en el govern de la monarquia. Juan Domingo de Zúñiga y Fonseca, comte de Monterrey, Ayala y Fuentes, fou també president del Consell de Flandes i governador dels Països Baixos i va morir l'any 1716. Monterrey va acumular desastres en la guerra amb França, els exèrcits de la qual, comandats per Noailles, van derrotar-lo a l'Empordà i a la Cerdanya. La pèrdua de Puigcerdà (1678) va costar-li el càrrec.[15]

Per a substituir-lo, Joan d'Àustria nomenà el duc de Bournonville, que llavors es trobava a Itàlia, i per aquesta raó es féu càrrec del govern de Catalunya, amb caràcter d'interinitat, el marquès de Leganés, que va jurar a la Seu de Barcelona el 13 de juny de 1678.[16] Parent llunyà d'Olivares, Diego Felipe de Guzmán, duc de Sanlúcar i marquès de Leganés i de Morata, fou un dels personatges que van jugar un paper més important en la vida militar i política espanyola del regnat de Carles II. *«Infatigable, audaz y conspirador por temperamento»*, segons el defineix el duc de Maura, Leganés va defensar la causa de l'arxiduc Carles durant la guerra de Successió i morí l'any 1711. Poc abans d'ésser signada la pau franco-espanyola de Nimega (1678), Leganés va restablir la situació a l'Empordà.[17] Aquest primer govern del marquès de Leganés a Catalunya va durar quatre mesos, ja que el 10 d'octubre del mateix any 1678 prengué possessió del càrrec el duc de Bournonville.[18]

El virregnat del príncep i duc de Bournonville i l'actuació de Narcís Feliu de la Penya.— Acabem de dir que el 10 d'octubre de 1678 jurà el càrrec de virrei de Catalunya Alexandre de Bournonville, príncep i duc d'aquest títol. La família Bournonville, flamenca i descendent del rei Frederic de Sicília, fill de Pere el Gran, vinculada amb les principals cases nobiliàries europees, com els Egmont de Flandes, estava emparentada amb les catalanes de Vilademany, Cruïlles i Perapertusa. El nou virrei de Catalunya, cavaller del Toisó i membre del Consell Suprem de Guerra de Carles II, no era, doncs, un estrany en el país.[19]

Bournonville va presidir a Catalunya el període de pau entre Espanya i França transcorregut entre el tractat de Nimega de 1678 i la nova guerra entre ambdós països, de l'any 1684. Això no obstant, el virrei va haver-se de preocupar de construir fortificacions i d'adoptar mesures davant de la presència de galeres franceses en el port de Barcelona.[20] Com hem dit, a les darreries del seu període de govern, que sembla que va ésser força encertat,[21] va esclatar novament la guerra entre Espanya i França. Els exèrcits francesos, després d'haver envaït l'Empordà, van assetjar

Girona, però Bournonville va poder resistir l'envestida amb èxit.[22]

Els anys del virregnat del duc de Bournonville corresponen a les temptatives de Narcís Feliu de la Penya, encaminades al desvetllament industrial i mercantil del país. Com veurem més endavant, a pesar de les agressions gairebé contínues de Lluís XIV, la recuperació econòmica de Catalunya és un fet incontrovertible en el darrer quart del segle XVII. En els seus *Anales de Cataluña,* Narcís Feliu de la Penya ens parla de l'al·ludida temptativa industrial. «Les guerres que patí tants anys el principat —escriu— havien perdut en part les Arts Mecàniques i el Comerç. Afavorits els estrangers de la nostra descurança, introduïren robes d'aparença i de poc profit. M'instaren els amics, afectes al reial servei i al benefici públic, que emprengués aquesta obra d'encoratjar les Arts i introduir el Comerç (difícil en aquell temps): l'emprenguí molt a costa de la meva hisenda. Comencí per un llibret que vaig intitular *Discurs Polític,* adreçat a la ciutat de Barcelona el 1681. Vaig prosseguir aquest any sol·licitant d'introduir les fàbriques; vaig dur a costa meva les de xamelots i anascots i vaig enviar a Flandes a aprendre-les, atenent sols al servei del rei i a la utilitat de la pàtria».[23]

L'any 1683, prosseguint l'obra empresa, Feliu de la Penya va publicar, amb el pseudònim de Martí Piles, el *Fénix de Cataluña,* ampliació, en alguns aspectes, del *Discurso Político.* «És un llibret molt interessant: un elogi de Catalunya, en la part històrica, bastit amb amor i erudició; una esperança de projecció cap a l'avenir, en els capítols restants. I l'avenir de Catalunya, Feliu de la Penya el veu en el ressorgiment industrial i mercantil; i detalladament exposa què cal fer: encoratjaments a la indústria, proteccionisme, fabricació de les robes que ara vénen de l'estranger, creació d'una companyia per a fomentar la construcció de vaixells i la navegació, tramesa anual de dos vaixells a Amèrica, establiment a Barcelona d'un port franc i un llatzeret, préstecs als particulars, regulació dels canvis, amb celebració de quatre fires a la capital, assistència als hospitals de la Misericòrdia i dels Orfes, perquè s'hi recullin i s'hi ensenyi a treballar els vagabunds i infants pobres i perquè una trentena d'orfes estudiïn les arts, la navegació, l'artilleria».[24]

Avui es pot afirmar que els projectes de Narcís Feliu de la Penya responien a una realitat: la recuperació econòmica de Catalunya abans al·ludida i que tindrem ocasió de comprovar, amb xifres a la mà, més endavant, en fer un examen de conjunt de la situació del principat a l'època de Carles II, el darrer monarca de la casa d'Àustria.

Els virregnats del marquès de Leganés, del comte de Melgar i del duc de Villahermosa.— Ja coneixem la personalitat del marquès de Leganés des del seu primer virregnat català l'any 1678. Com a successor del duc de Bournonville jurà novament el càrrec de virrei el 6 d'octubre de 1685,[25] que exercí fins al 31 de maig de 1688.[26] Leganés havia fet la campanya del 1684 contra els francesos, a les ordres del seu antecessor, Bournonville, i a ell va correspondre d'afrontar a Catalunya la nova situació derivada de la treva entre ambdós països del 24 de novembre del mateix any.

El segon virregnat de Leganés coincideix, doncs, amb un període de pau amb França. Això no vol dir, però, que els governants no estiguin convençuts que qualsevol moment poden ésser represes les hostilitats. Continua la fortificació del país, mentre una devastadora plaga de llagosta contribueix a agreujar els problemes suscitats pels allotjaments. En efecte, les tropes continuaven a Catalunya, tement una nova envestida francesa, i els camperols, amb una actitud que recordava la del 1640, s'havien alçat de nou al crit de «Visca el rei i mori el mal govern!» Centelles fou la primera vila a resistir, i àdhuc Barcelona va veure arribar fins a les seves portes milers de camperols armats (abril 1688). Una primera actitud de la Generalitat, favorable als amotinats, féu més difícil la posició del virrei, les maneres autoritàries del qual van semblar perilloses al govern de Carles II, dirigit, llavors, pel comte d'Oropesa. El resultat fou la substitució de Leganés pel comte de Melgar, que féu la seva entrada a Barcelona el 7 de juny de 1688,[27] per a prestar solemne jurament a la Seu dos dies després.[28]

Juan Tomàs Enríquez de Cabrera, darrer almirall de Castella i comte de Melgar (1646-1705), fou un dels personatges més representatius de l'aristocràcia espanyola de la segona meitat del segle XVII. Mestre de camp a Lombardia, ambaixador a Roma, virrei de Catalunya i un dels amos d'Espanya en els darrers temps de Carles II, fou el gran adversari del cardenal Portocarrero i defensor dels drets de l'arxiduc Carles. Més conciliador que el marquès de Leganés, va venir a Catalunya per cercar un arranjament a les protestes del camperols contra els allotjaments, i, en el transcurs dels tres mesos que durà el seu govern, mantingué bones relacions amb els diputats.[29] La seva actuació general, però, fou força grisa i en cessar com a virrei li fou dedicada una cançó que deia així:

«El gran conde de Melgar
al tiempo de su partir
dexó mucho que dezir,
pero poco que contar.»

Segons el duc de Maura, el nomenament de Melgar fou degut al fet que, en tornar de Milà, «*puso cerco de homenajes a la reina María Luisa; sabíale Oropesa* (primer ministre) *enamoradizo de todas las mujeres (excepto la suya propia) y muy capaz de agradarlas, por la cual, estimando prudente su alejamiento, le envió al virreinato de Cataluña*».[30]

Com a successor del comte de Melgar, que signà el darrer document com a virrei el 7 de desembre de 1688, fou nomenat un aristòcrata aragonès, el duc de Villahermosa, Carles de Gurrea Aragón y Borja, el qual féu la seva entrada a Barcelona el 21 de desembre del mateix any.[31] El nou virrei, que acabava de deixar el govern de Flandes, tenia instruccions de continuar la política d'apaivagament iniciada pel comte de Melgar. Així, en arribar a Barcelona, va dir que «*quería atender a la quietud del país, castigando sin excepción los deslices de soldados y paisanos*».[32] Ben aviat, però, van reproduir-se les lluites, agreujades, de moment, pel despotisme del virrei.[33] Per l'abril de 1689 va començar de nou la guerra amb França, que duraria fins al tractat de Ryswick de 1697. Quan el duc de Noailles va entrar a Catalunya, hi esclatà una gran commoció, coneguda amb el nom dels «gorretes» o dels «barretines». Com escriu Soldevila, l'actitud pacífica de Barcelona, objecte per aquest motiu de les ires dels revoltats, i la d'altres poblacions de Catalunya, que no es volgueren sumar a les alteracions, va apaivagar aquesta nova brotada de desordres.[34] Segons el nostre punt de vista, aquest fet és una prova més de la col·laboració entre la burgesia litoral i el govern de Madrid, en contrast amb el radicalisme de la muntanya. És ben simptomàtic que, poc després dels fets que acabem d'esmentar, Carles II concedís als consellers de Barcelona el dret de cobertura en presència del rei, «*en atención a la fineza con que ha obrado esa ciudad en las ocurrencias que se han ofrescido con motivo de la sedición sucedida en algunos pueblos de la provincia*».[35]

Entretant, la invasió francesa va sorprendre a Villahermosa, i Noailles va apoderar-se fàcilment de Camprodon, Ripoll i Sant Joan de les Abadesses. En coincidir aquest fracàs amb un memorial adreçat al rei pels diputats i consellers sobre els mals del principat com a resultat de la gestió dels darrers virreis, Villahermosa fou substituït pel duc de Medinasidònia (novembre del 1690).[36] El govern concedí un nou perdó general i, per solucionar la qüestió dels allotjaments, es va acordar el cobrament entre els catalans d'un donatiu únic de 200.000 ducats, que en cas de pau fóra reduït a la tercera part.[37]

Els virregnats dels ducs de Medinasidònia i Escalona, del marquès de Gastañaga i de Francisco de Velasco.— Com hem dit, el successor de Villahermosa fou el duc de Medinasidònia, que féu la seva entrada a Barcelona el 21 de desembre de 1690.[38] Juan Claros Alfonso Pérez de Guzmán el Bueno, duc de Medinasidònia, marquès de Carafa, duc de San Lúcar i de Medina de las Torres i príncep d'Aracena, fou un gran aristòcrata que jugà un paper de primer ordre en el regnat de Carles II. Violant la immunitat eclesiàstica, fou un dels qui empresonaren el famós Valenzuela a l'Escorial l'any 1676, i per aquest motiu va ésser excomunicat. Vice-canceller d'Aragó i devot de la reina Marianna de Neoburg, treballà a favor de la Casa d'Àustria durant les darreries de Carles II, amb la influència que li donava el seu càrrec de majordom major del rei. Després va passar-se al costat de Felip V i morí l'any 1713.

Una vegada a Barcelona, el duc de Medinasidònia va captarse la simpatia dels catalans. Amb pocs coneixements militars, intentà la defensa de l'Empordà des de Bàscara, però no pogué evitar que els francesos s'apoderessin de Roses i enviessin una esquadra a bombardejar Barcelona. En cessar, quan complí tres anys en l'exercici del càrrec (desembre de 1693), fou acomiadat per tota la noblesa, cosa que no s'havia fet amb cap virrei des de feia molts anys.[39]

El seu successor fou un altre protegit de la reina Marianna de Neoburg: el duc d'Escalona i marquès de Villena, Juan Manuel Fernández Pacheco Cabrera y Bobadilla, que féu la seva entrada a Barcelona el 20 de desembre de 1693,[40] procedent del virregnat de Navarra. Conegut pels francesos de Noailles amb el nom de *l'Écolier,* és a dir, de l'estudiant, al·ludint als seus escassos coneixements militars, Escalona, que havia dit que *«con veinte mil hombres y todos españoles no hay que temer»*, va sofrir un desastre darrera l'altre. Esmicolades les tropes del virrei a les vores del Ter (27 de maig de 1694), Palamós, Girona, Hostalric i Castellfollit queien tot seguit a poder dels francesos.[41] El fracàs féu que, malgrat la protecció de la reina, Escalona fos destituït pel Consell d'Estat a finals de novembre de 1694.

Per a fer-se càrrec del govern de Catalunya en aquells moments culminants de l'ofensiva francesa fou nomenat el marquès de Gastañaga, Francisco Antonio de Agurto, abans governador de Flandes i un dels caps militars més competents de l'exèrcit espanyol de l'època. Gastañaga jurà el càrrec el 2 de desembre de 1694[42] i la seva actuació a Catalunya fou ben grisa: malversà les energies en picabaralles contínues amb un impetuós i simpàtic austríac de qui aviat tindrem ocasió de parlar: Jordi de Darmstadt. En contrast amb la inhibició oficial, que sembla no recordar-se d'obstaculitzar l'avenç dels francesos cap a Barcelona, el paisanatge constitueix milícies armades i combat amb èxit els invasors. Com escriu Soldevila, aleshores es van produir esdeveniments tan inoïts com la publicació d'un edicte per part del virrei Gastañaga prohibint als paisans d'atacar els francesos en petites partides, la denegació de lliurar-los l'artilleria per acabar de rendir Hostalric i Castellfollit, i la passivitat del virrei i els generals, malgrat l'arribada de reforços, que feien llurs efectius molt superiors als de l'enemic.[43]

Amb tot el Nord de Catalunya en poder dels francesos, Gastañaga fou destituït pel primer ministre, comte d'Oropesa, a primers de juliol de 1696.[44] El seu successor fou un fill natural del virrei anterior, comte de Melgar, Francisco Antonio Fernández de Velasco y Tovar, abans governador de Cadis i membre del Consell Suprem de Guerra, que féu la seva entrada a Barcelona el 17 de juliol de 1696.[45] Heretant del marquès de Gastañaga els conflictes amb Jordi de Darmstadt, el nou virrei no va aconseguir de deturar l'avenç dels exèrcits francesos de Vendôme, que van ocupar Barcelona, després d'un setge de dos mesos, el 10 d'agost de 1697. Dos dies abans havia arribat l'ordre destituint Velasco[46] i nomenant virrei el comte de la Corzana, que no va jurar el càrrec, i capità general Jordi de Darmstadt.[47] Novament, Catalunya fou anexada al reialme de França, i el general Vendôme jurà a la Seu les Constitucions i els Privilegis del país.

L'ocupació francesa de Catalunya va durar ben poc, ja que, pel tractat de Ryswick (20 de setembre de 1697), Lluís XIV va restituir totes les seves conquestes. Llavors la Diputació i el Consell barceloní van negar-se a reconèixer Corzana com a virrei, i el govern de Carles II decidí nomenar per a aquest càrrec el príncep de Darmstadt (gener del 1698).[48]

El virregnat de Jordi de Darmstadt.— El nou virrei de Catalunya jurà el càrrec a la Seu el 9 de febrer de 1698.[49] Dos anys i mig després, la mort de Carles II —1er de novembre de 1700— trobaria encara el príncep de Darmstadt en el govern de Catalunya, amb l'obligació d'anunciar el testament del rei que instituïa hereu dels seus dominis el candidat del partit adversari, és a dir, Felip de Borbó.

Austríac i fill del landgrave de Hesse, Jordi de Darmstadt nasqué l'any 1660 i morí a la batalla de Montjuïc durant la guerra de Successió espanyola, el 14 de setembre de 1705. Militar heroic i home d'extraordinaris dots de simpatia, Jordi de Darmstadt va arribar a Barcelona l'any 1695, comandant els dos mil alemanys que l'emperador Leopold envià amb motiu de la guerra amb França. Nou ídol foraster, en frase de Soldevila, els dots excepcionals del príncep van guanyar-se, ben aviat, l'afecte i l'adhesió dels catalans.[50]

Com ja hem dit en presentar els virreis de Carles II, el príncep de Darmstadt, partidari de l'arxiduc Carles d'Àustria i principal protagonista de l'ocupació aliada de Gibraltar l'any 1704, no fou una excepció entre els virreis de Catalunya. La majoria dels seus antecessors, encara que alguns d'ells a la mort de Carles II acceptessin el testament i, per tant, l'herència a favor de Felip d'Anjou, pensaven igualment. No volem negar, amb tot això, que la simpatia del príncep de Darmstadt no contribuís al proselitisme austríac a Catalunya en plantejar-se la qüestió successòria a la monarquia hispànica. En realitat aquests problemes ja s'escapen de la nostra consideració i seran estudiats en el volum corresponent als capitans generals, és a dir, al segle XVIII, d'aquesta col·lecció històrica.

Carles II i Catalunya.– En presentar l'època de Carles II, el darrer monarca de la Casa d'Àustria, hem dit que el neoforalisme obrí el pas a una cooperació activa dels catalans en la vida política espanyola. Com a símptoma, és ben eloqüent el cas de Joan d'Àustria, que constitueix el primer exemple del polític espanyol que cerca la força a la perifèria del país. També ho són els nombrosos virreis partidaris de l'herència austríaca en començar a plantejar-se la qúestió successòria de la monarquia hispànica.

A pesar de les nombroses invasions dels exèrcits de Lluís XIV de França, Catalunya va recuperar-se materialment durant el regnat de Carles II. L'estreta col·laboració entre la burgesia litoral del principat i la monarquia, després del virregnat català de Joan d'Àustria, va donar els seus fruits. Des de 1653 a 1697, la ciutat de Barcelona va lliurar a la Corona, d'una manera directa o indirecta, l'enorme quantitat de 6.377.591 lliures.[51] Els projectes d'Olivares, encaminats a una estreta col·laboració econòmica, s'havien, doncs, complert totalment.

Més definitius són, encara, els testimonis aplegats per Robert Smith, demostratius, a la vegada, del contrast entre la recuperació de Catalunya i la decadència de Castella a la segona meitat del segle XVII. Comparant els drets duaners de periatge a Barcelona i a Sevilla, Smith ha establert l'estadística següent, la qual, encara que incompleta, dóna una tendència general que no pot desvirtuar-se i que concorda amb tota una sèrie d'estudis i recerques actuals als nostres arxius.[52]

Anys	Barcelona (lliures)	Sevilla (milers de maravedís)
1660-1665	4.000-6.000	458
1665-1670	4.000	472
1670-1675		553
1675-1680	5.871	744
1680-1685	3.300-6.000	318
1685-1690		379
1690-1695	6.825	943
1695-1700	7.000-10.000	344

Aquesta recuperació de Barcelona i de Catalunya, anterior per tant al reformisme borbònic, seria la plataforma d'on arrencaria la fase decididament expansiva del país en el segle XVIII, una vegada superats els esdeveniments de la guerra de Successió.

Notes

1. Llista d'acord amb els Registres de Cancelleria, del ACA. Per a tots els personatges esmentats, dades interessants en Maura, *Vida y reinado de Carlos II*, Madrid 1942.
2. DACB, XVII, 493.
3. DACB, XVII, 511 i RB, II, 24.
4. Vegeu, per exemple, el Reg. 5939.
5. Bofarull, *Història,* VIII, 251; Carrera, *Historia,* I, 245 i ss.
6. Soldevila, *Història,* II, 353 i ss.
7. RB, II, 24.
8. Vegeu la seva intitulació en el Reg. 5939.
9. ACA. Reg. 5941, fol. 83.
10. Soldevila, *Història,* II, 359.
11. RB, II, 24, i ACA. Reg. 5941, 198.
12. RB, II, 25, i ACA. Reg. 5941, 229.
13. Bofarull, VII, 271 i ss.
14. Carrera, *Historia,* I, 251 i ss.
15. Bofarull, VIII, 275.
16. RB. II, 25 i ACA. Reg. 5942, 185.
17. Bofarull, VIII, 282.
18. RB, II, 25 i ACA. Reg. 5942, 187.
19. Aragó Cabañas, Antonio, *Monografía sobre los antiguos linajes de Farnés.* Obra premiada en el Certamen Històric celebrat a Santa Coloma de Farners l'any 1950. Agraïm a l'autor la consulta del text inèdit.
20. Bofarull, VIII, 282-283.
21. Bofarull, VIII, 289.
22. Bofarull, VIII, 286 i ss.
23. Citat per Soldevila, *Història,* II, 346.
24. Soldevila, *Història,* II, 346-347.
25. ACA. Reg. 5944, 125.
26. ACA. Reg. 5945, 242.
27. RB, II, 25; vegeu Bofarull, VIII, 289 i ss.
28. ACA. Reg. 5945, 242.
29. Bofarull, VIII, 297 i ss.
30. *Vida y reinado de Carlos II,* III, pàg. 6.
31. RB, II, 25.
32. Bofarull, VIII, 298 i ss.
33. Bofarull, VIII, 289 i ss.

34. Soldevila, II, 361.
35. Carrera, *Historia,* I, 262.
36. Bofarull, VIII, 308 i ss.
37. Soldevila, *Historia,* II, 361.
38. RB, II, 25.
39. Bofarull, VIII, 311 i ss.
40. RB, II, 26.
41. Soldevila, *Història,* II, 362.
42. RB. II, 26.
43. Soldevila, *Història,* II, 363; Bofarull, VIII, 334 i ss.
44. ACA. Reg. 5946, 140.
45. Bofarull, VIII, 359 i ss.
46. Bofarull, VIII, 359 i ss.
47. Velasco, que després fou virrei de Felip V, sembla que llavors era partidari de la Casa d'Àustria (Voltes, *El archiduque Carlos, rey de los catalanes,* Barcelona 1953, pàg. 60).
48. Bofarull, VIII, 359 i ss.
49. ACA. Reg. 5948, 235.
50. Soldevila, *Història,* II, 364.
51. Carrera, *Historia,* I, 272.
52. *The Spanish Guild Merchant. A History of the Consulado, 1250-1700.* Duke U. P. 1942, pàg. 139-141.